獣人アルファと
恋の迷宮

CROSS NOVELS

成瀬かの

NOVEL:Kano Naruse

央川みはら

ILLUST:Mihara Okawa

CROSS NOVELS

CONTENTS

CROSS NOVELS

CONTENTS

獣人アルファと恋の迷宮

Beastman α and Labyrinth of Love

CROSS NOVELS

アブーワ。

探索者《シーカー》を志す者なら誰もが『始まりの街』という別名を持つこの迷宮都市を夢見る。

おじいちゃんが言っていた。一番初めに生まれた迷宮《ダンジョン》を抱くこの土地はそりゃあ賑やかなのだと。鍛冶屋《かじや》の店先に仰々しく飾られているのは王都でもお目に掛かれない最上級の武器や防具だ。薬屋には魔法のような効果を発揮するという高価な水薬《ポーション》がずらりと並んでいるし、軒を連ねた屋台や食堂では異国の料理まで味わえる。通りを行き交うのは、いまだ踏破されていない最深部を目指して世界中から集まってきた探索者たちだ。

——凄《すご》いなあ……！　ドワーフにエルフ、竜人族までいる。それから、人間がたくさん！

「ぼやっとしてんじゃねえぞ、ぼうず。五番テーブルにこいつを運んでこい」

「はいっ」

混雑した酒場の中、大きな声で怒鳴られたシシィはカウンター越しに差し出された盆を慌《あわ》てて受け取る。

——だめだめ、今はお仕事中。いくら物珍しくても、集中しないと。

シシィは人間だ。やわらかく波打つ髪は卵色。瞳の色はちょっと珍しい勿忘草色《わすれなぐさいろ》をしている。それなりに鍛えているつもりだけど、二メートルを超える長身が当たり前の竜人族や戦うことを生業《なりわい》にしている男たちの間に交ざるとその四肢は華奢《きやしや》にしか見えない。つい一ヶ月前まで住んでいた家は山奥で、近くには採掘に携わるドワーフの小規模な集落しかなかった。人が多いだけでもわくわくしてしまうのに、ここでは色んな種族の人たちが肩が触れあうほどの距離でひしめきあい食事をしていて、アブーワに来てからシシィはお伽噺の世界に入り込んでしまったような気分でいる。

「何だ何だ、今日は随分《ずいぶん》と可愛いのがいるなあ、フィンリー」

「アーシャの後釜《あとがま》か？」

新しく入ってきた常連らしき男がカウンターの奥に声を掛けると、黒髪の男がひょいと顔を覗《のぞ》かせた。肘《ひじ》の上まで袖《そで》をまくり上げ、エプロンをつけた男は隻眼《せきがん》で、失った右目に黒い眼帯をつけている。

「後釜じゃねえよ、助っ人だ。発情期《ヒート》が終わればアーシャは帰ってくる。それにそいつは探索者になりたくてアブーワに来たんだ」

「へえ。この細っこいのが探索者ねえ」

「そういや、アーシャはオメガなんだって？　発情期のたびに休まれちゃあ迷惑だろうに、フィンリーは人がいいな」

仕事がたくさんあるのに、シシィは思わず足を止めて振り返ってしまった。

——本当なら、オメガの女の人がここで働いていたんだ。

この世界には種族問わず、アルファとオメガ、それからベータという第二の性がある。アルファは優性種とも呼ばれており、例外なく恵まれた体格を持ち高い知能を誇っている。だが、ヒートと呼ばれる発情期を迎えたオメガのにおいを嗅《か》いでしまうとどんなに高潔なアルファでも理性を失い肉欲のしもべと化してしまうらしい。発情期のオメガが引き籠もって過ごすことを余儀なくされているのは理不尽な暴力から逃れるためなのに、こんな言い方は酷くないだろうか。フィンリーもそう思ったらしい。カウンターを蹴りつける音が酒場内に響いた。

「うちのアーシャがオメガであろうがなかろうがてめえには関係ねーだろーが。くだらねえこと言ってっと、店から叩き出すぞ！」

二人は首を竦《すく》めつつ、カウンターからほど近い二人用のテーブルに腰掛ける。

「は、はは、冗談だって。なあ？」

――フィンリーさんていい人だなあ。でも、それが普通だよね。発情期は確かに困るけど、つがいさえ決まれば誰にも迷惑を掛けずに済むようになるんだし。

オメガは外見上、アルファや、人口のほとんどを占めるベータ――発情期にまったく影響を受けない人たち――と見分けがつかないが、男性でも女性でも年頃になると定期的に発情期を迎えるようになる。この時発せられるにおいはオメガ自身にも制御不能だが、うなじを噛まれるとなぜかオメガのにおいはその相手にしか作用しなくなるし、軀《からだ》の準備が整い妊娠が可能になる。

誰彼かまわず誘惑せずに済むようになり赤ちゃんもできるなんて、いいことだらけのように思えるけれど、オメガはアルファやベータのようにやっぱり気に入らないから相手を変える……なんてことはできない。うなじを噛んだ者だけの雌になってしまうのだ。オメガが幸福となるか不幸となるかは、つがった相手次第といえよう。

「あー、ええと、助っ人さん？　今日の定食の内容は何だ？」

先刻の二人組に呼ばれ、シシィは小走りにテーブルに向かった。

「ジジ鳥の香草焼きです」

昼の酒場のメニューは定食一種類のみだ。厨房《ちゅうぼう》にいるのは主《あるじ》一人だから、きっとそうでもしないと次から次へと詰め掛けてくる客を捌《さば》けないのだろう。

「おお、美味《うま》そうだな」

「助っ人さんは探索者志望なんだって？　んな危険な仕事につくことをよく親が許したな」

「僕には親がいないので」

「おう、そりゃあ……」

男の一人は決まり悪そうな顔をしたが、もう一人は目を輝かせた。

「一人じゃあ不安だろう。もしまだ所属するパーティーが決まっていないなら、ウチに来ないか？　ちょうど欠員が出たところだったんだ」

シシィは首を傾《かし》げた。

「誘う前に、僕に何ができるか確かめなくていいんですか？」

男たちは何がおかしいのか、頭を仰《の》け反《ぞ》らせて笑った。

「ははっ、魔法使いだろうが大剣使いだろうが関係ない。新人の仕事は荷運びだからな」

「大丈夫、俺たちといれば死ぬことはない。荷を運びながら先輩たちのやり方を見て、迷宮での立ち回り方を学べばいい」

「荷運び、ですか？　あのう、それだと報酬は……」

「一回の探索で、銅貨一枚だ」

銅貨では、その日の宿を取り食事をしたら終わりだ。

「ええと、定食二人分でいいですか？」

聞こえなかったことにしようと思ったら、手首を摑《つか》まれた。

「おい、待てよ。ありがとうございますはどうした。まさか断るつもりじゃないだろうな」

節くれだった指がぎりぎりと肉に食い込む。

「迷宮で毎週どれだけの新人が死ぬか知ってんのか？　ベテランに声を掛けてもらえるなんて、おまえは幸運なんだぞ」

「悪いことは言わねえ。俺たちの仲間になれ」

カウンターの方を振り返ってみるが、主の姿はない。料理に掛かりきりになっているのだ。

この店の常連が新人を食い物にする悪徳探索者だとは思いたくないけれど、凄む男たちは善意で言ってくれているようには到底見えない。

――どうしよう。雇ってもらっている身で騒ぎなんて起こしたくないけど……。

ぐるぐると考えていたら、いきなり男の手が引っ込められた。次の瞬間、長大な剣が男の手があった場所を通過する。

「ひゃ……っ」

二人が囲んでいた小さなテーブルが叩き割られ、木っ端が散った。陽気な喧噪に満ちていた酒場の中が静まりかえり、シシィはへたりと尻餅《しりもち》を突く。もし引っ込めるのが遅ければ、男の手は切断されていたに違いない。

斬り掛かってきた男は、コンパクトなシシィの目に恐ろしく大きく映った。寒くもないのに足首まである漆黒の外套《がいとう》を纏《まと》った姿は死に神のようだ。かぶったフードの下では血のように赤い瞳が二つ、爛々《らんらん》と輝いている。

「何しやがんだ、この野郎っ」

害虫を見るような目つきに怯みつつも席を蹴って立ち上がった男に、死に神は冷やかに答えた。

「俺の視界で飯がまずくなるようなことをするな」

男のこめかみに青筋が立つ。

「……っ、んだとォ！」

ナイフを抜いた男を、連れが慌てて止めに入った。

「よせ、こいつ、トップランカーだ。ええと、ほら、『迷宮都市《アブーワ》の覇者《ラージャ》』とかいう……」

「はあ⁉　こんな小汚い奴がランカー⁉」

シシィは驚いた。『迷宮都市の覇者』とは、著名な探索者にのみつけられるという二つ名だろうか。すべての探索者の上に君臨するランカーらしくて、何ともかっこいい二つ名だ。

「今のは一体何の音だ！　……て、おいおい何だよコレは」

肉切り包丁を手に厨房から現れたフィンリーが壊れたテーブルを見るなり天井を仰ぐ。

「主、迷惑料だ」

黒い男が何かを投げた。フィンリーがぱしりと音を立て空中で掴み取ったのが金貨であることを見て取り、シシィは目を見開く。金貨は大金だ。一枚あれば、壊れたテーブルを買い直して店中の客に奢《おご》ってもお釣りが出る。

「……ありがてえが順番が違うだろ。何でちょっと目を離した隙《すき》にこんなことになる。誰か説明しろ」

シシィはへたり込んだまま片手を上げた。

「あの、僕のせいです。僕がうまくお客さんを捌けなかったから、この方は僕を助けようとして……」

――待って。それにしてはいささかやり方が無茶苦茶すぎやしない？

「ええと、助けようとしてくださったんですよね？」

途中で自信がなくなってしまい見上げると、男は小さく舌打ちし目を逸らした。フィンリーが胸の前で両腕を組む。

「うーむ、よくわからんな。おいてめーら。『迷宮都市の覇者』が悪いと思う奴、挙手」

主が声を張り上げるも客たちはしんと静まりかえったままだ。だが、続いて二人の探索者が悪いと思う奴と言った途端にパンやカップを持ったままの腕が林立した。

目を丸くしたシシィを置き去りに話は進んでゆく。

「ようし、わかった。てめえら、これからしばらく、飯は他の店で食うんだな」

「ああ⁉　俺は腕を切り落とされるとこだったんだぞ⁉」

食ってかかろうとした男に、主はにっこり微笑んで肉切り包丁を振り上げてみせた。

……わあ。

男たちが脱兎《だつと》のごとく店から出て行く。何事もなかったかのような喧噪が酒場内に戻ってくると、『迷宮都市の覇者』と呼ばれた男も剣を鞘《さや》に収めかぶっていたフードを跳ね上げた。シシィより随分と年上らしい男は普通の人間かと思いきや、頭に巻きつけた布の下から二つの獣耳を覗かせている。

——この人、おじいちゃんと同じ獣人だ……。

なるほど大きいわけである。獣人は人間より一回り大きい種族で軀つきも筋肉質だ。おじいちゃんも老齢ながらがっしりとしており、シシィくらいなら簡単に片手で抱き上げることができた。

「あの、ありがとうございました」

礼を言ってみたけれど男は返事もしない。獣耳を僅《わず》かにひくつかせただけで、シシィに背を向ける。

「あの……？」

肩にフィンリーのごつごつとした手が置かれた。

「気にすんな。本当にあいつは飯を落ち着いて食べたかっただけなんだろ。何せ、探索を終えて地上に出てきたばかりなんだからな」

「探索って、迷宮のですか？」

「ああ。ブーツにまだ光苔《ひかりごけ》がこびりついているだろう？　あいつは『迷宮都市の覇者』。最近じゃ更に縮めて『ラージャ』って呼ばれてる。今のところアブーワ迷宮のもっとも深い階層を知る男だ」

シシィは壁際で食事を再開した男に憧憬《しょうけい》の眼差しを向けた。言われてみれば男の姿は薄汚れていた。髪は縺《もつ》れ、何日も櫛《くし》を通していないようだ。

一体何階層まで潜って、どんな魔物と戦ったのだろう。想像すると胸が弾む。

「おいこらヒヨコ、目をきらきらさせんな。ピヨピヨ纏わりついたりしたら蹴飛ばされるぞ」

「はい」

話し掛けてみたいのは山々だったけれど、ランカーは探索者の憧れの的《まと》である。寄ってくる者に一々愛想良く相手をしていたら、おちおち食事を楽しむ時間さえなくなってしまうに違いない。恩人を煩わせるつもりはない。

「……お仕事に、戻りますね」

会話をしている間にも、客はどんどんやってきて酒場の前に列をなしている。うっとりと迷宮に想いを馳せている時間はない。

気持ちを切り替え、くるくると働く　料理を運んで、お代を貰《もら》って、空の食器を下げて。その折々にシシィは闇を固めたような長身をもちらちらと盗み見ていたが、どんなに混雑してきても、ラージャの隣に座ろうとする者はいなかった。皆がラージャのことを知っていて、畏怖《いふ》しているらしい。

気がつくと綺麗に空になった食器だけを残しラージャの姿は酒場内から消えていた。

♪　♪　♪

冷たい果実水を商う露店の陰からぴょこぴょこと三つの小さな頭が覗いている。

頭に大きなターバンを巻きつけた店主は魔法で凍らせた果実を砕きながら、一体何に見つかりたくないのか己の足元にしゃがみ込み、ひそひそと囁《ささや》きあう獣人の幼な子たちを覗き見る。

「ねー、このひとたち、みんな、しーかー?」

「そりゃそーだろ。こっちにはだんじょんのげーとしかないからな」

「みんな、おっきいねえ」

ちっちゃな獣耳としっぽがぴこぴこ揺れる。実際には、目の前を通り過ぎてゆく人々は、歴戦の勇者然とした大男からひょろりとした少女まで様々だったが、幼なすぎる彼らから見れば全部『おっきい』の範疇《はんちゅう》だ。

「おむもだんじょん、はいってみたいなあ」

うっとりと呟《つぶや》く茶トラの毛並みの幼な子の視線の先には、巨大な門《ゲート》が聳《そび》え立っていた。通り過ぎる人々は皆そこへと吸い込まれてゆく。どうにかしてあの中に紛れ込めないかと目をきらんと輝かせたものの、三人はすぐ耳をしおしおとへたらせた。

「げーときーぱーは、りゅーじんかあ」

「ものすごーくおっきいねえ」

門の両脇に立っていたのは、見上げるような巨軀を誇る竜人だった。艶やかな深緋《こきあけ》の鱗《うろこ》で全身を覆われているせいか表情がわかりにくく、何とも不気味だ。

「うう……りゅーじんにちょうせんするのはまたこんどだ。きょうはほかにだいじなごようがあるし」

「ん」

「やること、わかってる？」

幼な子たちは店主の足元で円陣を組み、真剣な顔で頷《うなず》きあう。話がよく聞こえないと、店主がさりげなく躙《にじ》り寄っても気づきもしない。

「らいじょーぶ。おむのたんとーは、あっちのとおり」

「しゅりあはこっちー」

店主が状況を理解するより早く、えいえいおー！と掛け声を上げ、幼な子たちがたっと走りだす。小さくとも人間やエルフなどよりずっと身体能力の高い獣人なだけあって探索者たちに蹴られることもない。あっという間に雑踏の中へと消えてゆく。

◆　◆　◆

迷宮から帰還した翌朝、ラージャはいつも通りの時間に目覚めた。

日除けが下ろされた薄暗い部屋の中で起き上がれば、引き締まった見事な上半身が仄《ほの》かな光に浮かび上がる。

くあ、と大きなあくびをすると、ラージャは具合を確かめるようにぴくぴくと耳を揺らした。昨夜ゆっくり湯に浸かったおかげか疲労は綺麗に拭い去られている。軀が軽い。

清潔でふかふかの寝具の中でだらだらするという贅沢《ぜいたく》を嚙《か》みしめていたい誘惑に駆られたものの、ラージャは巨軀を寝台から下ろした。長くしなやかなしっぽをゆらゆら揺らしながらテーブルに近づき、曇り一つなく磨き込まれた金色のベルを鳴らす。すぐさま控えめなノックの音が聞こえたので扉越しに洗顔用の水と朝食を運んでくるよう命じ、ラージャは身支度を始めた。

広い空間に何組もの衣装や装備が当たり前のように並んでいるのは、ラージャが迷宮に潜っている間も宿代を払ってこの部屋を押さえているからだ。手の込んだ象眼《ぞうがん》が施され飴色《あめいろ》に輝く扉を見ればわかる通り、宿代は決して安くはないが、トップランカーであるラージャには何ほどのこともない。

宿の者が水差しを運んできたので置く場所を指示する。今日水を運んできた若者は初めて見る顔だった。目が合った瞬間びくつかれたので、ラージャはのっそりと軀の向きを変え、クロゼットを覗くふりをする。目つきが鋭いせいだろうか。そう怖い顔をしているつもりはないのだが、ラージャは脅《おび》えられることがままある。

若者が丁寧に頭を下げて出ていくと、ラージャは運ばれてきた水を洗面器に空けて顔を洗った。しきたりに従って数筋髪を簡単に編んで守り石が鈍く光る留め具をつける。その上から黒地に複雑な文様が描かれた布を巻いて後ろで縛った。日替わりの卵料理と数種類の腸詰め、上等なパンからなる朝食をゆっくり味わうと、愛剣だけ装備し、昨日と同じ外套を羽織る。最初の目的地は守護機関《キーパーズ》の事務所だ。

アブーワの中心地に建つこの壮麗な建物に入るのは久しぶりだった。このところ雑事は仲間に任せてしまっていたからだ。しかし、今度ばかりはそうはいかない。

建物に入るなり視線が集まり、すぐさま散じる。ラージャに興味津々だが、目を合わせるのは怖いのだ。

ちらちら盗み見る視線を感じつつ受付の向かいの壁に並ぶ記入台に歩み寄る。備えつけの用紙に必要事項を書き込み受付カウンターへ持っていくと、頬杖《ほおづえ》を突き眠そうな顔をしていた受付嬢がのろのろと顔を上げ――椅子から落ちそうになった。

「ラージャ⁉　……あ、いえ、失礼しましたっ」

人間という種族は勤勉だと聞いていたがそうでもないらしい。慌てふためく受付嬢に溜め息をつきたくなったが、代わりに書類を突きつける。だが、事はラージャが望んだ通りには進まなかった。

「えっ、あの、これって、パーティー解散届じゃありませんか！　パーティーを解散するってどうしてですか⁉」

大きな声に種々の手続きのため同じ部屋にいた者すべての耳がそばだてられる。思わず小さく舌打ちすると、受付嬢が青くなった。

「あ、あの……っ」

「不調法者であるのは認めるが、あまりうちの新人受付嬢を威嚇《いかく》しないでくれないか、ヴィハーン」

「支部長！」

受付の奥の扉が開き、さらりとした白金色の髪を背中の半ばまで伸ばした男が現れる。男の耳は、人のものによく似ているものの先端がつんと尖《とが》っていた。これはエルフの特徴だ。

見た目は二十代にようやく入ったところであるものの既《すで》に百年以上の時を生きているこの男の名はジュール。始まりの街の守護機関を統括する支部長だ。

上役が来てくれたからにはもう大丈夫と思ったのだろう。ほっとした表情の受付嬢が提出されたばかりの書類をジュールに渡す。

「ラージャ……いえ、ヴィハーンさまがこれを」

「ああ、わかっているよ。事務所の中まで聞こえたからね。ガーネット、奥にシルビアがいるから交代したまえ」

「え？　ええと、ご配慮ありがとうございます。でも、まだ休憩時間では」

「何を勘違いしているのかな？　君にはもう受付は任せられないから奥に引っ込めと言っているんだよ。異動先については後で話をしよう。早く行きたまえ」

白皙《はくせき》の美貌に誰もが見惚《みほ》れるような笑みを浮かべたジュールの言葉に受付嬢が凍りつく。他の事務員が引きずるようにして彼女を奥へと連れていくと、ジュールは優美に顎《あご》をしゃくった。

「失敬。話の続きは奥でしようか」

カウンターの中から出てきて、横手の廊下へと歩きだす。二階の執務室を使う気なのだ。階段を上るにつれ、事務所のざわめきが遠ざかってゆく。

「実は昨日、君のパーティーメンバーから苦情申し立てがあったよ。君の勝手な振る舞いのせいで依頼が達成できなかった、違約金は君に請求して欲しいと。パーティー解散はこれと関係あるのかな?」

「……無断で依頼を受けるような奴と一緒に戦うことなどできない」

この世界は謎に満ちている。その最たるものが迷宮だ。およそ百年前、初めて迷宮を発見し踏み込んだ人々は、地上には存在しない魔物が跋扈《ばっこ》しているのを見て驚愕した。

魔物は地上のどの生き物とも似ていなかった。性情はおしなべて凶暴で、魔法を使うものさえいる。不毛な洞窟内で一体何を食べて生きているのかは不明。どうやって繁殖しているかも不明だ。しかし、魔物の甲殻《こうかく》や毛皮が非常に美しい上に火魔法を遮断したり呪いを無効化したりするといった信じられない性質を持つことがわかると、人々は競ってこれを求め始めた。だが、魔物とておとなしく狩られはしない。そのため、迷宮に潜って魔物と戦い、素材を採取することを専門とする者が生まれた。

竜と戦い、火鳥を狩る彼らの活躍はまるで英雄譚《えいゆうたん》のようだ。貴重な品々を献上したことにより騎士の位に叙せられた者も出た結果、探索者は子供たちの憧れの的となった。

力を富を栄誉を求め迷宮に潜る探索者たちを管理するために生まれたのが守護機関だ。

守護機関は迷宮が発見されると、入り口を覆うように『門《ゲート》』と呼ばれる建屋を建造する。探索者は守護機関への登録を済ませないことには、迷宮に立ち入ることさえできない。

守護機関は他にも、狩りに必要な傷薬や基本装備を売り、迷宮で採取された素材を買い取り、特定の素材を欲する者との仲介を務めた。ジュールの言う依頼とはこれのことだ。

「解散の理由はそれだけかい?」

「……攻略への気概も足りないし、アンヌの色目が鬱陶《うっとう》しい」

ジュールの笑い声が弾けた。

「美人に好かれるなんて結構なことじゃあないか。華があった方が探索も愉《たの》しいんじゃないか?」

「迷宮はそんな浮ついた気持ちで潜れるほど生やさしくない」

「この迷宮馬鹿め」

ジュールは笑みを消すと足を止め、ラージャを振り返った。

「わかっているとは思うが、君のパーティーメンバーはこの近隣の探索者の中では突出した腕を持っていた。同じだけの技量を持つ者を揃《そろ》えるのは不可能だ。君はこれまでと同じようには探索できなくなるし、相方の腕を物足りなく感じ、いらいらするようになるだろう」

「かまわん」

「足りない部分は君が教え導かねばならない。すぐまたパーティーメンバーを変えたいと言われたってこちらには応じられない」

「承知の上だ」

返答を聞くなり、ジュールの口元に悪戯《いたずら》っぽい笑みが浮かんだ。それを見たラージャの耳が警戒態勢に入る。厭《いや》な予感がしたのだ。巧妙に張り巡らされた罠《わな》に、まんまと嵌《は》まってしまったような。

「では守護機関は、彼を君のパーティーメンバーに推挙しよう」

廊下の一番奥の扉が開かれ、壁の半分が鉢植えから伸びた蔦《つた》で覆われた森のような部屋が現れる。綺麗に片づいた大きな執務室の手前に置かれたソファセットに座る人影を見るなり、ラージャはぴたりと動きを止めた。

——初心者《ルーキー》か。

そこにいたのは昨日酒場で見た『助っ人』だった。性別は男、種族的には人間のようだ。人間としては標準的な体格なのだろうが、獣人であるラージャとは三十センチ近い身長差がある。これまでのメンバーと比較してはいけないのだろうが、小さく実に頼りない。一応はそれらしいブーツを履き革の胸当てをつけてはいるが、どれも真新しかった。使い込まれた感があるのは腰に下げた武器だけだ。やわらかな卵色の髪は鏝《こて》でも当てたのか毛先だけ綺麗にカールしているし、蜂蜜色《はちみついろ》の膚《はだ》は若々しい。

――長生きできそうには見えないな。

野心に燃えて迷宮にやってくる初心者の半数は半年後には消える。血腥《ちなまぐさ》い仕事に音を上げて転職するのはいい方で、死んだり、再起不能の怪我を負ったりする者も多い。

人間が立ち上がっておずおずと頭を下げる。

「こんにちは。シシィです。あの、支部長さん、今、僕をトップランカーのパーティーメンバーに推挙してくれたような気がするんですけど……僕の耳、おかしくなっちゃったんでしょうか」

「聞き間違いじゃないよ。彼はラージャ。アブーワのトップランカーだ。わからないことがあれば何でも彼に聞けばいい」

「ラージャ……南方の言葉で王様の意味ですよね。一緒に迷宮に潜れるなんて光栄です」

シシィの表情がぱあっと明るくなる。己をまっすぐ捉《とら》える勿忘草色の瞳に恐れの欠片《かけら》も見えないことにラージャは軽い驚きを覚えた。だが、こんなヒヨコに自分の相棒が務まるとは思えない。

「冗談はやめろ。こんなのを連れていたら深層……いや、中層にすら潜れん」

「ラージャ、足りない部分は君が教え導くとさっき約束しただろう?」

「足りないにもほどがある」

「君に釣り合うような探索者はもうどこかのパーティーに所属している。もちろん、君がパーティーメンバーを募集していると知れば、ぜひにでも組みたいという者が大勢名乗りを上げるだろうが、今は平和にやっている多くのパーティーが瓦解《がかい》することになるだろう。守護機関としては歓迎できない事態だ。悪いことは言わない、彼と組みたまえ。彼は魔法使いだけれど、近接戦闘もこなせるそうだ。君との相性は悪くない」

「しかし」

歓迎されていないことに気がついたのだろう。シシィの表情が曇る。かすかに胸の奥が軋《きし》んだが、ラージャが普段潜っている深度では彼は恐らく生き延びられない。かといってトップランカーである自分が初心者に合わせて浅い階層で狩りをするなど論外だ。

シシィがおずおずと切りだす。

「あのう、僕、いいです。辞退します。組んだらきっとラージャさんにご迷惑をお掛けすることになると思いますし」

願ってもない申し出だったが、ジュールは譲らなかった。

「駄目だ、シシィ。現在、君にふさわしいパーティーは他にない。新人だからといって荷物運びばかりさせられるのは厭だろう？　君はその才能を存分に発揮したいはずだし、私もそうすることを望んでいる。それからラージャ、もしどうしてもシシィと組みたくないと言うのなら、守護機関は君のパーティー解散届を受理しない。違約金についても君に支払ってもらう」

「随分と筋の通らない話だな」

「これまで自分が一体何回パーティーを解散し、私が新メンバーの選出に頭を悩ませてきたか、胸に

手を当ててよう く考えてくれないか？　責があるのがパーティーメンバーだとしても、彼らと適切な関係を築けずつけ上がらせたのは君自身だ。これからも毎年のように新しいパーティー結成の手伝いをするのは御免だよ。しばらくの間、彼と探索しながらどうすればパーティーを長続きさせることができるか、考えたまえ」

ラージャはむっつりと黙り込んだ。自分が頻々《ひんぴん》と揉《も》め事を起こすせいでこの男がどれだけ迷惑を被《こうむ》っているか、ラージャにもわかっているのだ。

「あのう、違約金て何があったんですか……？」

シシィが遠慮がちに質問する。教えるジュールの表情はラージャに相対する時とはまるで違ってやわらかく、愛おしむような色さえあった。

「ラージャのパーティーメンバーが、ラージャに黙って青竜の鱗十枚を採取する依頼を受けたんだ」

「青竜⁉　それって、凄く強いんじゃありませんか？」

「ああ、そうだね。その代わりに報酬もとても高い。ただし、受けた依頼を達成できないと、報酬の一割に当たる額を払わねばならない。この場合は金貨十枚だね」

「金貨十枚！」

庶民には、なかなかの大金だ。

「当然だろう？　依頼者は期日までに目的のものを得るために高額の報酬を約束しているんだ。遅れたら損害が生じる場合だってある。薬の原料だったら待っていた病人が死んでしまうとかね。達成できない可能性があるなら絶対に請けてはいけないんだよ、依頼というものは。——さて、ラージャ。金貨十枚は宿まで受け取りに行った方がいいのかな？」

「その必要はない」

ラージャが袖口に触れるような仕草をすると、薄板のようなものがからんと足元に落ちた。

「これは……？」

次々に落とされる薄板は一抱えもあり、魚の鱗を大きくしたような形をしていた。色は青みがかった半透明。光の角度によってきらきら光る。同じものが十枚、並んだのを見たジュールが笑いだした。

「ふ……ふふ、君、彼らと別れた後、一人で青竜を狩ってきたのか」

「一人で？　青竜を⁉　……凄いです！」

歓声を上げたシシィからラージャは顔を背けた。勿忘草色の瞳に溢《あふ》れる賛嘆の情があんまり純粋で、なぜか身が竦むような想いに駆られたのだ。

「違約金を全額俺に払えと言ったくらいだ。報酬は当然すべて俺のものになるんだろうな？」

「君にはかなわないな！　待っていたまえ、担当の者を呼ぶ。ああ、それからこれにサインを」

執務机の引き出しから取り出されテーブルに置かれたのは、パーティー結成届だった。

「……」

ラージャは溜め息をつく。言葉ではこの頑固な男を覆せない。ひとまずシシィを連れて迷宮に下り、説得材料を集めて翻意を迫った方が話は早いかもしれない。

翌朝、門の前で落ちあうことにして、一旦解散する。細かい雑用を済ませて戻ると、部屋の前で元パーティーメンバーが待ち構えていた。守護機関からパーティー解散について聞き、押し掛けてきたらしい。男連中は悔い改めるから解散届は撤回してくれと土下座までしたし、アンヌには泣いて縋《すが》られたが、彼らが必死になればなるほどラージャの心は冷めていった。

彼らとは一年近い時間を共に過ごした。悪い仲間ではなかったと思う。戦闘時に不安を覚えたことも報酬の分配で揉めたこともない。家族の問題で探索の予定が狂った時には笑って許してくれた。これまで組んだパーティーの中にはラージャの持つ貴重な品々を奪うため寝首を掻《か》こうとした者までいたのだから、多少のことには目を瞑《つむ》るべきだろうとは思ったのだが。

——てめーが今言ったこと、ラージャが聞いたらどう思うだろうなあ。

偶然聞こえてきた脅し文句に、しっぽの毛が逆立った。

自分の名を引きあいに出すだけではない。気がつけば、アンヌは他の女たちに対して見下すような態度を取るようになっていた。地上に戻ればべたべたと纏わりついてきて、振りほどいても振りほどいても腕を絡めようとする。パーティー結成時は慎重だったはずの男たちは、ラージャが欠けたら到底達成できないレベルの依頼を次々と請け負い、成功報酬を当て込んで散財していた。

今回の件は、ラージャがこれまで以上に攻略に集中したいと言った矢先に起きた。青竜を狩ろうとすれば大分寄り道することになるから言いだしにくかったのだと元パーティーメンバーは言ったが、黙っていていいことと悪いことがある。竜種は魔物の中では最上級の力を誇る。青竜は竜の中では下位だが、狩るならば装備からして対青竜用に調整すべきだし、日程やペース配分も変わってくるのだ。

更に彼らが吐いた言葉がラージャを幻滅させた。

——少しくらいいいじゃないか。今潜れる階層で充分稼げるのにあんたが深層に行きたがるから、俺たちは冒さずともいい危険を冒しているんだぜ。

——いい宿を使っていてよかったと一番実感するのは、こういう時だ。

元凄腕探索者だったという従業員が、解散を撤回するまで梃子《てこ》でも動かない構えだった元パーティーメンバーたちを放り出してくれ――彼らも宿泊客なのだけれど――ラージャはようやく部屋に入ることができた。疲労を覚えたので夕食は部屋で済ませることにし、バスルームに湯を運ばせる。

「あのシシィとかいう人間とは、うまくやっていけるだろうか」

従業員たちが大きな水差しを持ってきて、バスタブの上で傾ける。雫《しずく》が垂れないよう水差しに白い布を当てながら、きびきびと仕事をこなす姿をぼんやり眺めるラージャの気分は晴れない。

アブーワは迷宮に人が集まるようになった結果できた都市だ。中心には迷宮を抱く門が聳え立ち、これを囲むように探索者たちが泊まる宿が、魔物から得た素材を加工する職人たちの工房が、往路は必要物資を復路は迷宮産の貴重な品々を運ぶ商人たちのための施設が広がる。門の前はちょっとした広場となっており、探索者や観光客を当て込んだ種々の屋台が美味しそうなにおいを放っていた。酒を売っている店もあるし、端には簡易ではあるが自由に使える椅子やテーブルもある。毎日が祭りのような賑わいだ。

約束の時間に門へと向かうと、既にシシィが待っていた。そわそわと辺りを見回したり鞄の中を覗いたりと落ち着きがない。

真新しい装備に身を包み緊張した様子のシシィは実に初々《ういうい》しく、在りし日の己を思い起こさせる。探索者たちがそれぞれに違う色合いの視線を投げ掛け彼の横を通り過ぎてゆくのを見て、ラージャは小さく舌打ちした。よくわからない不快感を噛み締めつつ大股《おおまた》に近づくと、声を掛けるより先にシシィがラージャに気がつく。その途端、不安そうだった顔に、晴れやかな笑顔が浮かんだ。

「おはようございます、ラージャさん！」

まるで厚く垂れ込めた雪雲の隙間から太陽が顔を覗かせたようだった。どくんと心臓が跳ねる。

――何だ……？

眉間《みけん》に皺《しわ》を寄せたものの考えるのは後に回し、ラージャはシシィを人目につかない手近の屋台の陰に引きずり込む。

「痛っ、痛いですっ」

「……」

眉根を寄せ抗議するシシィにはかまわず、ラージャは子細に装備を検分し始めた。

シシィの格好は昨日とほとんど変わっていなかった。

「外套は」

ラージャの格好も昨日と変わらないように見えるが、これは足首まである長い外套が同じせいだ。中に纏っているものはまるで違う。

「えっ、今日は日帰りですよね？　浅い階層で力試しをするだけなら必要ないかと思って……」

「そんな軽装で酸を吐く魔物に遭遇したらどうする気だ」

「そういう魔物が出るのは中層以深だって聞いてますし、そもそも酸を防げる外套は高すぎて僕には買えないです」

小さく舌打ちすると、シシィの肩が小さく跳ねた。

「あの……ごめんなさい」

しゅんと俯《うつむ》いてしまったシシィにラージャはもう一度舌打ちしたい気持ちになる。子守りをしているような気分だ。

「迷宮についてはどれくらい知っている」

感情を抑え問うと、シシィはうろうろと視線を漂わせた。

「ええと、階層が浅ければ浅いほど弱い魔物が、深ければ深いほど強い魔物が出るんですよね？　それから魔物は種類によって出現箇所がほぼ決まっていて、守護機関で地図を買うことができる……」

「だが、魔物は移動する。地図を盲信せず備えておかねばいつか死ぬことになる」

「あの、外套はお金が貯まったらすぐ買いますから！」

ぐっと拳《こぶし》を握《にぎ》りしめ、己に言い聞かせるように断言するシシィに、ラージャは頷く。

「他に知っていることは？」

「迷宮は育つということです。最深部に必ずある迷宮石を回収すれば成長は止まるけれど、そうでなければ迷宮はどんどん深度を増して強い魔物が出現するようになります。ここ、アブーワ迷宮は最初期に発見されたけれど、その頃には迷宮石の存在も、放っておいたら成長してしまうってことも知られてなくて、気づいた時にはもう何階層あるかわからないほど深くなってしまったって聞きました」

「そうだ。アブーワ迷宮はいまだ攻略されていない唯一の迷宮だ。俺はこの迷宮の攻略をずっと目指してきた」

「早く最前線に戻れるよう、僕、頑張りますね！」

「……」

ラージャは絶句した。シシィは最深部までついてくる気でいるらしい。こんなにちんまくて、装備も貧弱だというのに。

「……頑張れ」

「はい！」

まるで心の籠《こ》もっていない激励の言葉に、シシィは満面の笑顔で答える。

――これは、実際に魔物を見せた方がよさそうだ。

戦ってみれば、迷宮を探索するということがどれだけ大変かわかるだろう。ラージャは外套のフードをかぶると踵《きびす》を返した。

「行くぞ」

「はい！」

屋台の隙間から出て門へと向かう。黒い外套の裾《すそ》にしっぽの先を覗かせ大股に歩みを進めるラージャに、シシィは弾むような足取りでついてきた。門の入り口まで来るとラージャを真似て、タグ《通行証》を示す。

建屋に入るなり、勿忘草色の瞳は目の前に開けた光景に釘《くぎ》づけになった。

通路の左側には最後の最後で物資を補給したい探索者向けの売店が、右側には獲物の買い取りをするカウンターが並んでいる。今しも迷宮から出てきた探索者たちがカウンターに担いできたものをどさりと置き、値段交渉を始めた。七色の眩《まばゆ》い光を放っている金属質の薄板は昆虫系の魔物の甲殻だ。まだ血肉がついているのに買い手も売り手も気にしない。生きて地上に戻れた開放感からか、陽気な大声が飛び交う。

迷宮の入り口は喧噪を抜けた先にぽかりと開口していた。曲線を描く壁に沿って刻まれただけの手すりすらない階段を下りれば、先刻までとはまるで違うひんやりとした空気が逸《はや》る気分を窘《たしな》める。

ここから先は死の世界、油断すれば命を取られる。

シシィもそのあたりは理解しているのか、薄桃色の唇をきゅっと引き締める。

最上階に出る獲物は弱く金にならない。だが、シシィの実力のほどを見るのが今回の探索の目的だ。

ラージャは適当に足を進める。

人気のない狩り場だけあって、魔物はすぐ見つかった。地面の表面を音もなく流れてくる。不定形で動きも鈍い。ラージャが教えるより早くシシィも気がつき、掌《てのひら》を魔物に向けた。

「僕が倒していいですか？　魔法を使いますね」

「ああ」

「んっ」

眉間に皺を寄せ力むとぽんと音を立てて火の玉が生まれた。ふよふよと飛んでゆく。途中で消えてしまわないかと心配になったが、無事に目的地まで辿《たど》り着くと、じゅうじゅうと音を立てて魔物を蒸発させた。

「……ふむ」

何とも気の抜ける光景だったがちゃんと魔物を倒せたのでよしとし、燃え残った小さな石を回収させる。これは火石《コール》と呼ばれている迷宮素材で燃料になる。薪《まき》よりよく燃えるし火持ちもいいが、売ったところで大した金にはならない。

別の階段を下り、更に下の層へと向かう。そこで出てきた太ったネズミのような魔物を、シシィは腰に下げていた大ぶりのナイフのような武器で屠《ほふ》った。

「えいっ」

「……戦い方を習ったことがあるのか？」

虫も殺さない顔をして躊躇《ちゆうちょ》なく魔物の首を斬り落としてのけたことにラージャは驚いた。剣筋も悪くない。

「僕を育ててくれたおじいちゃんが元探索者で、色々教えてくれたんです」

嬉しそうにシシィは言う。弾んだ声でわかった。おじいちゃんとやらが大好きなのが。

「ナイフを見せろ」

「はい」

差し出されたナイフはずっしりと重かった。途中でくの字に湾曲した刃が特徴的だ。

「戦闘だけでなく、藪《やぶ》を刈《か》ったり獣を捌いたりすることもできる優れものなんです。おじいちゃんが誕生日にくれたんですけど、昔本当に迷宮で使っていたものなんですって」

シシィに背を向けて、軽く振ってみる。これなら体格が貧弱なシシィでも問題なく扱えるだろう。ほどほどに重みがあるのもいい。勢いをつけて振り下ろせば骨くらい容易に断てそうだ。

更に階層を下る。適当な獲物を探して歩いていると人の声が聞こえてきた。こんなヒヨコと探索しているところなど見られたくない。避けようと踵を返したところでシシィに外套を摑まれる。

「あの。様子を見に行った方がよくないですか？」

聞こえてきた咆哮《ほうこう》にラージャは小さく舌打ちした。

この階層にいる魔物に、あんな鳴き声を上げるものはいない。他の階層の魔物が移動してきたのだ。

——初日から迷宮の洗礼を受けることになるとは運の悪い奴だ。

「できるだけ後ろにいろ」

短く言い捨てると、ラージャは今や悲鳴交じりの声が聞こえてくる方向へと走った。そう進まないうちに視界が開け、蹈鞴《たたら》を踏む。洞窟の先はそれまで知られていなかった広大な空間へと繋がっていた。恐らく数階層分の床が崩壊したのだ。

——あるいは、天井が破られたか。

見ている間にもぼろぼろと崩れつつある斜面の底で六人の探索者が戦っている。魔法使いが二人に、重装備の戦士二人の前衛、それから軽装備の戦士が二人という構成だ。

「おっきい……」

背後で気の抜ける声が上がる。振り向くとシシィが両手で口元を押さえ、目を丸くしていた。

実際、六人が相手取っていた魔物は大きかった。姿こそイノシシのようだけれど、小ぶりの家くらいの大きさがある。それだけの巨体が凄まじい勢いで突進してきて牙で引っ掛けようとするのだ。上層しか探索したことのない探索者にはたまったものではないだろう。

——いや、上層の探索者にしては腕がいい方か。

重装備の仲間に魔法使いを守らせ、軽装の二人が代わる代わるに魔物の注意を引いている。魔法使いが必死に詠唱《えいしょう》し、魔法による爆炎が、雷光が魔物を襲った。とっさに考えたにしてはいい役割分担だが、魔物はまだまだ倒れそうにない。魔物より先に囮役の二人の方が力尽きそうだ。

「ここから動くな」

短く命じると、ラージャは広大な空間へと飛び出した。外套を翻《ひるがえ》し、崩れやすい斜面を一直線に駆け下りる。

——走りにくいな。

獣人は他の種族に比べ機敏とはいえ、体重を消すことはできない。踏むたびにもろく崩れる瓦礫《がれき》に足を取られそうになる。囮役の二人もこの足場の悪さに随分と体力を削《けず》られているようだ。

ラージャが急行する間にも囮役の一人の足の下で土塊《つちくれ》が砕け、がくりと体勢が崩れる。すぐさま立て直したものの魔物はもうすぐそこまで迫っており、逃れられそうにない。

「くそっ」

スピードを上げようと強く踏み込んだ足が地面に沈み、ラージャは舌打ちした。

間に合わない。あの男は死ぬ。

長大な牙に引っ掛けられて飛び散る臓腑が、壁に叩きつけられ襤褸雑巾《ぼろぞうきん》のように崩れ落ちる姿がラージャには見えた。同じような光景をラージャはこれまで何度も見てきた。迷宮は地上とは違う。驚くほど簡単に命が刈り取られる。

だが。

「えーとえーと、そうだ、風よ！」

何とも気の抜ける声が背後から聞こえてきた。

「どうか力を貸してください。古き友よ、盟約に従って加護を！」

聞いたことのない詠唱と共に風が吹き、広大な空間に澱《よど》んでいた空気が散ってゆく。

「無事に地上に戻ったら――そうだ、紅苔桃《べにこけもも》のパイを捧げます！」

何だそれはと言う暇もなかった。ぽんぽんと拳ほどの光の玉が空中に生じる。纏わりついてきたそれがふっと消えた途端、急に軀が軽くなった。景色が先刻までの倍もの早さで背後へと飛んでゆく。

疲れ果てて魔物に追いつかれそうになっていた男も外套をはためかせ跳躍した。魔物の頭上を遙《はる》かに飛び越えて。

何が何だかわからないが、これはチャンスだ。ラージャは愛剣を抜いた。しっぽでバランスを取りつつ点在する大岩から大岩へと機敏に跳躍し、魔物へと飛び掛かる。

振りかぶった長大な剣を思いきり叩きつけると根元近くまで肉に食い込み、絶叫が迷宮を震わせた。

「――――――――！」

金属を擦《こす》り合わせたような不快な声に探索者たちが耳を塞《ふさ》ぐ。ラージャも耳を伏せると、ひょいと軀を丸めて剣の両脇に足を突いた。踏ん張って剣を引き抜くと、落下する軀を獣人特有の身の軽さでくるりと回転させ、見事に足から着地してのける。

「加勢する」

「かたじけないっ！」

疲弊《ひへい》していた探索者たちの表情が明るくなる。

「多分この魔物は魔法が効きにくい。魔法使いは掩護《えんご》に回れ」

「しかし、俺たちの剣ではあれに歯が立たねーんだ」

「だが、足止めして削ってゆく以外方法はない」

重装備の男二人をちらりと見て、ラージャは暗澹《あんたん》たる気分になった。二人とも人間で、竜人やドワーフほどの膂力《りょりょく》はない。魔法使いや囮役の二人に至っては非力なエルフだ。おそらく魔法を駆使して戦うのを得意とするパーティーなのだろう。剣を振るわせたところで、役に立たない可能性が高い。

手短に打ち合わせている間にも激昂《げっこう》した魔物が突進してくる。とりあえず、剣を横に構えると、ラージャは魔物を躱《かわ》しざま肢《あし》に斬りつけた。人間の戦士も魔物に剣を振り下ろすが刺さるどころか毛皮に弾き返されてしまう。

するとまた声が聞こえた。

「風よ、紅苔桃のパイをもう一つ焼きますから、もっと力を！」

剣を持つ手に見えない腕が添えられる。先刻は皮と肉を傷つけるだけで終わった剣が魔物の足を切り飛ばした。人間の戦士の剣も魔物の軀に深々と突き刺さる。

――何て魔法だ。

まるで怪力を得たかのようだった。ラージャは四本の肢のうち、三本を斬り落とした。何度も突き立てられた剣が内臓をえぐり血を失わせる。魔物は徐々に弱っていき、やがて息絶えた。

完全に死んだということが確認できると、探索者たちはその場に座り込んだ。怪我こそせずに済んだものの、長時間にわたる戦闘のせいで、全員汗だくだ。

戦斧《ハルバード》を担いだ男が兜《かぶと》を脱ぎ、水でもかぶったかのように濡れた髪を荒っぽく掻き上げる。

「助かったぜ、ラージャ。俺はニック。『金の矢《ゴールデンアロー》』のリーダーだ」

知らない男だったが、向こうはラージャを知っていたらしい。

「……礼ならあれに言え。あれが言わねば素通りしていた」

ニックが二階層ばかり上にぽっかりと開いた通路の入り口を見上げると、視線に気がついたシシィが手を振り斜面を下りてこようとした。

「あ……う、わ……っ!?」

だが、何歩も進まないうちに足を土砂に取られる。

「あ。あの子、転んだぞ……？」

ぺたんと尻餅を突いたまま、ずるずると滑り落ちてくる。必死に手を突っ張って起き上がろうとするも手を突いた場所まで地滑りを始めてはどうしようもない。途中でバランスまで崩し丸太のようにごろんごろんと転がり始めた。ようやく止まった時には外套も装備も土埃《つちぼこり》で真っ白だ。

「あー、大丈夫かい……？」

一番近くにいた魔法使いのエルフに手を差し出され、シシィはのろのろと顔を上げる。

「うう……はいい……」

土埃のせいで白粉を塗ったかのように真っ白になってしまった顔を見て吹き出したのは誰が最初だっただろうか。

「は……はは……」

「あはっ、はははははっ」

「おい、よせ、笑っちゃ可哀想、だ、ろ……っ、くく……っ」

「そういうリーダーだって笑っているじゃないか」

「あーはっはっは！」

極度の緊張から解き放たれた反動か、腹を抱えて笑い転げ始めた男たちに、シシィは涙目になった。

「笑うなんて、酷いです」

ラージャはベルトに差してあった水筒を抜き頭に巻いていたバンダナと一緒に投げてやる。

「顔を拭け」

「ありがとうございます。ここにいる探索者の中で優しいのはラージャさんだけです」

眉間に皺が寄る。

——私が、優しい？

「こんにちは。僕はフラン。さっき君が使っていたのは精霊魔法かな？　誰に習ったんだい？」

麗しい金髪を顎のラインで切り揃えたエルフの魔法使いが微笑む。エルフは総じて美しいが、この魔法使いも男とは思えないほどの美貌の持ち主だ。

「あの、シシィです。この魔法はおじいちゃんが、パーティーを組んで戦う時に役立つからって」

「へえ、それはまた。精霊に助力を願えるとは、君の祖父御は随分と優れた魔法使いだったと見える」

座り込んで水袋の水で喉を潤《うるお》していた重装備の戦士が身を乗り出した。

「初めて見たがあの魔法、いいな！　何で他の魔法使いは使わないんだ？」

ラージャも大岩に寄り掛かって片膝《かたひざ》を立てて座り、耳をそばだてる。シシィの使った魔法には、ラージャも興味があった。これまで何人もの魔法使いとパーティーを組んできたが初めて見る。

「大抵のパーティーは貢献度で取り分を決めるだろう？　ベテランの攻撃役の剣士の取り分は利益の半分、荷を運ぶだけの新人は銅貨一枚って具合に。支援系の魔法は派手な爆炎や雷光を操る攻撃魔法と違ってどれだけ役に立ったかがわかりにくいからね、割を食いやすいんだ」

もう一人の、金髪を背まで流したエルフの魔法使いが立ち上がった。

「それに、そもそも覚えるのが何倍も難しい。爆炎や雷光と違って目に見えないからね。ただぶっぱなせばいいだけじゃなくて、威力も加減しなければならないし、必要な魔力量も多いし」

「へえ」

「――さて、もし君に余力があるようなら、もう一度さっきの魔法を掛けてもらえないかな？　この獲物は自力では解体できなそうだ」

エルフが腰に手を当て胸を反らす。見上げた先には先ほど倒した魔物が小山のように横たわっていた。中層、それもかなり深い場所から上ってきた魔物だ。稀少で素材も高く売れるはずである。――ラージャの普段の稼ぎに比べればささやかなものではあるが。

濡らしたバンダナで顔を拭き終わったシシィが勢いよく拳を突き上げた。

「大丈夫です。余力、あります。魔法、掛けますね！　風よ……！」

光の交じった風が踊る。座り込んだ男たちの周りをくるくると。楽しげに。

男たちは立ち上がるとナイフを抜いた。巨大な軀によじ登って金になりそうな部位を切り取り、運びやすいようくくってゆく。元々の軀が大きいので、採取する部位を厳選しても大荷物だ。

――予定より大分早いが、今日の探索はここで切り上げるべきだな。

重装備の二人に教わりながらシシィも腰に下げていた変わった形のナイフを振るっていたが、魔法の助けがなければ、刃も立たないほど硬い魔物である。牙の一本を斬り落としただけでちっぽけでか弱い人間は疲労困憊《ひろうこんぱい》してしまい、とてもこれ以上探索を続けられそうになくなった。

――ナイフは一通り使えるとはいえ、問題は体力か。攻撃魔法も貧弱だが、紅苔桃のパイを代償に振るわれたあの魔法は面白い。

エルフたちのパーティーは荷運び専門の人員も連れてきていた。崩落の際分断されてしまっていたが、魔物の処理がほぼ終わった頃に土砂で塞がっていた通路をせっせと掘ってきた彼らと合流できたので、全員で背負えるだけ荷を背負い地上へ向かう。

迷宮を出てすぐの買い取り所で素材を売り払うと、ニックは代金の八割をラージャへと差し出した。

「あんたたちの取り分だ。助けてもらったことを考えれば全額渡したいところだけれど、ガキのいるメンツもいる。さすがに今日の稼ぎはなしというわけにはいかない」

「――半分でいい。今日は稼ぎに来たわけではないし、あれのいい勉強になったようだからな」

振り返り、他の探索者の邪魔にならないよう離れた場所でエルフの魔法使いたちとお喋りして待っているシシィを示す。すっかり仲良くなったらしく、屈託のない笑顔が眩《まぶ》しい。

――眩しい？

「新人ちゃんかあ。あの子素直で初々しくって、なんつーかキラキラしてるよなあ……。俺はもっとガキの時分に探索者になったが、その時にはもうあの子より大分すれてたぜ。ま、お役に立てたなら幸いだ。こいつはありがたくいただいてくぜ。遠慮はしない主義なんだ」

厳つい手が差し出したばかりのコインを鷲掴《わしづか》みにし、取り返してゆく。

「それでいい」

その場で金貨の半分を腰から下げている小さな袋に移すと、ラージャは黒い埃よけの布で顔の下半分を覆い、フードをかぶった。恐らくいつもよりずっと多いのであろう報酬に沸き立つ『金の矢』のメンバーへ軽く顎を引いて別れを告げ、シシィを連れて門を出る。

「どこへ行くんですか？」

名残惜《なごりお》しそうに大きく手を振っていたシシィは、エルフたちが見えなくなるとようやく大人しくなった。

「おまえの装備を整える」

「装備？　でも、僕、お金が――」

「おまえの取り分だ」

革袋を渡す。数歩進んでついてこないのに気がつき振り返ると、シシィは革袋の中を覗き込んだまま硬直していた。

「どうした」

「きっ、きっ、金貨が……っ、こんなに……!?」

「大した額ではないだろう」

「大した額です！　僕、今まで金貨なんて触ったことすらありません」

再び歩きだすと、小走りについてくる。興奮に真っ赤に染まった頬がまるで子どもだ。

「浮かれていると、掏摸《すり》に狙われるぞ」

門を出てしばらく、ごちゃごちゃと屋台が並ぶ区画を抜け、細い脇道に折れる。質実剛健、といった雰囲気が漂うこの辺りには武器や防具の工房が集まっていた。武器を鍛える音が響く中をしばらく行くと、樫《かし》の無骨な扉が見えてくる。『ガリ』とだけぶっきらぼうに刻まれた看板が掛かったここが目的の店だ。

人が五人も入れば身動きできなくなってしまうほど狭い店に入ってゆくと、カウンターの中で鏡を覗き込み複雑に編んだ髭《ひげ》の手入れをしていたドワーフが顔を上げ、にやっと笑った。

「おう、ラージャ！　今日は何の用だ」

「この人間の外套が欲しい」

尻込みするシシィを前に押し出すと、ドワーフが身を乗り出す。

「ほほう。どんなのがいい」

「俺と同じのだ」

「新人には随分と贅沢だな！　ついでだ、あんたの装備のメンテナンスもしてやろう」

ラージャは邪魔な埃よけの布を引き下ろすと、迷宮内でも脱ごうとしなかった外套の前を開けた。

初めてラージャの装備を目にしたシシィが息を呑む。

「凄い。これ、全部迷宮産の素材ですよね……」

魔物たちから取れる素材はどれも自然のものとは思えない派手な色彩を持つ。ただの黒い布のように見える外套の裏は青みがかった金属質の光沢を放っているし、その下の薄い防具は玉虫色だ。

「おうよ。この外套は砂蜥蜴《サンドリザード》と呼ばれている魔物の皮製だ。極めて丈夫で、酸を掛けられても溶けないし、火魔法でも焦げない。内部の温度を一定に保ってくれるから、くるまればどこでも寝られる。何日もかけて迷宮を探索するランカー必須の品だ」

「あ！　だから時々同じ外套を着ている人を見掛けるんですね」

「おうよ。そいつらは腕のいい探索者だ。たまに勘違いした貴族のぼんぼんが交ざってたりするがな」

にんまりと笑むドワーフから目を逸らし、ラージャは壁に飾られた商品を眺める。

「ラージャの防具は紅竜の鱗製だ。薄くて軽いのに竜に踏まれても壊れないほど丈夫な上、あらゆる攻撃魔法への耐性を持つ。こいつも前衛垂涎の品だが、紅竜を狩れる探索者は限られているからな。滅多に市場に出回らねえ。こいつはラージャが自分で迷宮から取ってきた素材で作ったんだ」

手を伸ばし外套のあちこちに触りながらドワーフが滔々《とうとう》と語る。己の作品を検分するもじゃもじゃの眉毛の下の目にはうっとりとした光が灯っていた。

「自分で取った迷宮の素材を持ち込んでもいいんですか？」

「ああ。皆、運べないから門内の買い取り所を利用するだけで、素材の売買は探索者の自由だ。あんたもいい素材があったら持ってきな。少しは安く仕立てることができるぜ」

シシィの瞳がきらりと光る。頑張って自分でいい素材を手に入れて、装備を安く上げようと思っているのが丸わかりだ。

「あの、それで、外套はお幾らですか？」

「ああ、ラージャの紹介だからな。うんと値引きして、金貨二十五枚ってとこだな」

「にじゅうごまい……！」

渡したばかりの報酬とほぼ同じ額だ。酷く哀しそうな顔をしたものの、シシィは革袋を差し出した。

「よしよし。じゃあすぐ採寸しよう。砂蜥蜴の革はちょうど在庫があるからな。明日の昼には渡せる」

「ではシシィ、明日の昼、野営をするつもりで準備をしてここに来い。次は三日間、迷宮に潜る」

「……はい！」

その後のことはドワーフに任せ、ラージャは店を出た。宿へと戻りながら、今日の探索について振り返る。

予想していたほど悪くはなかった。だが、いいとも言えない。ラージャはアブーワ迷宮攻略の最前線の一角を担っているのだ。

シシィに深層へ潜れるだけの力はない。ジュールは何を考えているのだろうとラージャは訝《いぶか》る。遅くなればなるほど迷宮が育ってしまう。それだけ攻略が難しくなってしまうというのに。

◇　◇　◇

ガリの店を出るともう陽が傾きかけていた。シシィは酔っ払っているかのようなふわふわとした足取りで街を歩く。今日一日だけで、シシィはすっかりラージャのことが好きになっていた。

やたら大きい上に目つきが鋭く無愛想。もさもさした黒い髪はむさ苦しいし、黒い外套を着込み砂よけの布で口元を覆いフードを目深にかぶった姿は、夜道で遭遇したら思わず武器に手を伸ばしてしまいそうなくらい怪しい。でも、ラージャは酒場で出会った探索者たちのように理不尽なことを言わなかった。ぶっきらぼうにではあるが、迷宮について何も知らなかったシシィにちゃんと必要な知識を与えてくれたし、怪我をしないよう気を遣ってくれた。

それにラージャの身のこなしは、獣人を見慣れたシシィの目にも極めてなめらかで美しいように見えた。長身で手足も長いのに所作の一つ一つに無駄がなく、走れば風のように早い。イノシシの魔物に挑んだ時など、何メートルも離れた小さな岩々を平らな床を走るかのように渡っていた。外套をはためかせ獰猛《どうもう》に魔物に斬りかかるラージャの何て勇ましかったことだろう。

——金貨もあんなに。

貰えるとは思っていなかった分け前も、ラージャはちゃんとくれた。ラージャの本来の狩り場はもっと稼げる深層である。わざわざ面白くもない上層で一日を費やしてくれたのはシシィに経験を積ませるためだ。シシィもたくさん戦ったが、最後の巨大な魔物についてはちょっと魔法を使っただけで、ラージャの背に隠れていたも同然だった。

——あんな働きでこんな大金受け取ったのを見たら、おじいちゃん怒るだろうなあ……。

本当は辞退すべきなのだろうが、シシィにそんな余裕はない。ラージャと一緒にもっと深く潜るには、もっといい装備が必要だからだ。

——雑用とかで貢献しよう。探索でも一刻も早く役に立つようになる。だから今だけ許しておじいちゃん……！

ぐっと拳を握りしめ天国のおじいちゃんに誓うシシィを、道行く人々がじろじろ眺めてゆく。その中の一人がつと足を止め、やわらかな声を発した。

「おや、シシィじゃないか」

「ジュールさん！　よかった、ちょうどご挨拶《あいさつ》に伺《うかが》おうと思っていたんです」

アブーワではまだ数少ない知りあいに出会えたのが嬉しくて、シシィははにかんだ笑みを浮かべた。

「今日、迷宮に潜ったんだろう？　初めての探索はどうだった？」

「最初から最後までドキドキでした！」

ジュールがぷっと吹き出す。

「それじゃよくわからないよ。おいで。お茶をご馳走しよう。ラージャはちゃんと面倒を見てくれたかい？」

守護機関の事務所はもう目と鼻の先だった。先に入ってゆくジュールに、シシィも緊張した面持ちでついてゆく。何もない田舎から出てきたシシィにとってはこのロビーでさえ立派すぎて気後《きおく》れを覚えるのだ。

「はい。凄く親切にしてくださいました。紹介してくださって、ありがとうございます」

「……ん？　本当にあの男が親切にしてくれたのかい？」

つと足を止めてまで振り向いたジュールに心底訝しげに問い返され、シシィは首を傾げた。

「本当ですよ？　だって、ジュールさんがよくお願いしてくださったじゃありませんか」

　若々しい目元が細められる。

「驚いたな。あれは口より先に剣を振り下ろすような男だし、見た目だって野獣のようだ。早々にパーティーを解散したいと泣きつかれることになるだろうと思っていたんだが」

「確かに見た目はちょっとむさ苦しいですけど、言ってくださることは有用なことばかりです。僕はまだ全然役に立ててないのに、報酬だって公平に分けてくださって……そうだ、このことも相談に乗っていただきたかったんです。僕、本当に半分も報酬を受け取ってよかったんでしょうか」

「はは、気にすることはない。上層での稼ぎなど、あの男にとっては微々たるものだ。今日は一体幾らになったんだい？」

「僕の取り分だけで金貨二十五枚と、銀貨五枚です」

「……は？」

　ジュールの表情が固まる。

「あの、本当はもっと下層にいるらしいんですけど、大きなイノシシみたいな魔物に遭遇してしまって、『金の矢』っていうパーティーと一緒に倒して……あ、だから総額だと金貨百枚以上になったのかな……？」

　ジュールは手入れの行き届いた指先でこめかみを揉んだ。

「それはまた、幸運だったと言うべきか、不運だったと言うべきか。いずれにせよ、あの男がそれでいいと言うなら受け取っておけばいい。あの男にとって微々たるものであることに違いはない」

「……そうなんですか？」

「卿に深層に潜る探索者がどれだけ稼ぐか、聞いたことないのかい？」

「おじいちゃんはお金の話はあんまりしてくれなかったんです。わからないと損するからって算術は教えてくれたんですけど」

ようやく動きだしたジュールが階段を上る。つい昨日、ラージャと顔合わせしたのと同じ部屋に入ると、目の前に夕陽に燃えるアブーワが広がった。都市の外に広がる砂漠もオレンジ色に染まっていてとても綺麗だ。右手の端には交易船が行き交う海が光っている。

別れ際、ラージャが砂よけの布で顔を覆いフードをかぶったことを何となく思い出す。アブーワは砂漠に囲まれているから砂よけの布をしていてもおかしくはないけれど、暑苦しくないのだろうか？

「パーティーは存続しそうかな？」

ジュールがテーブルの上に用意してあったティーセットでお茶の準備を始める。

「わかりませんけれど、続いたらいいなって思ってます。ずっとおじいちゃんの話を聞いて憧れていたんです。持てる技のすべてを駆使して魔物と戦って、強者しか生き残ることのできない地の底を冒険する探索者に。僕も誰も到達したことのない深部に最初に足を踏み入れて、ランカーの筆頭に名を連ねてみたいです。ラージャさんと一緒なら、きっとできますよね？」

「可愛い顔して、男の子だねえ」

湯気の立つお茶で満たされた小さなカップがソーサーごとシシィへと差し出された。

「それに、普通の新人って荷物運びをさせられるだけで、一日に銅貨一枚しか稼げないんでしょう？もしそんな仕事しかなかったら、きっと僕、何も知らないままソロで迷宮に潜ろうとして、すぐ死んでいたと思います。だから。ラージャさんと組ませてくださったこと、本当に感謝してるんです」

「感謝するのはこっちの方だよ。あの男のパーティーメンバーの選定は毎回紛糾するんだ。君のおかげで頭痛の種が一つ減った」

ふふ、と視線を交わして笑いあうと、二人はお茶を啜《すす》る。淡い青色の茶は甘いのに、爽《さわ》やかな香りがすうっと鼻に抜けた。

◆　◆　◆

翌日、ガリの店で落ちあうと、ラージャはシシィが用意してきた荷物を検分した。

「寝袋などいらん。何のために外套を買ったと思っている。荷はできるだけ軽く小さくしろと言っただろう。水も多すぎだ」

「でも、迷宮の中では水を補給できません」

「水石《アクアロック》を持っていけばいい」

「水石《アクアロック》は、高いんです……」

ラージャと揃いの外套を試着したシシィが鏡の前でくるんと回る。前を留めてないので防具をつけた上から着られるようたっぷり取られた布が広がり、内側の革がきらきらと光った。

シシィが浮かれれば浮かれるほどラージャの苛立ちは募る。

水石《アクアロック》は迷宮産の特殊な品だ。見た目は小さな石だが指先で強く圧迫するとぱしゅんと砕け、ちょ

うど水袋一袋分の水になる。普通の水に比べれば高いが中層以下を探索するには必須の品だ。

ガリの店を出て露店で足りない品を買い揃える。おじいちゃんに教えてもらったのだというシシィの知識は中途半端で、足りないものだらけだった。買うべき傷薬の種類から教えねばならないことにラージャはげんなりする。

ようやく荷が調《ととの》い迷宮の入り口に着いた時にはもう陽が傾き始めていた。探索を切り上げたパーティーがぞろぞろ出てくる中、流れに逆らい迷宮に下りる。昨日は利用しなかったが、迷宮の上層だけは縦穴が掘られ、一々階段を上り下りせずとも昇降機で移動することができるようになっていた。一気に十五階層まで下がり、ラージャは更に下へと向かう。

ここまで来ると魔物もそこそこ強い。二人で立ち向かい、わざとシシィに先行させたり支援に徹させたりして、慎重に実力のほどを試してゆく。

――案外、戦いやすいのか？

素人《しろうと》らしいへっぴり腰ではあるが、シシィは魔物に臆《おく》するということがなかった。シシィの持つナイフの長さはラージャの剣の半分もなく、より魔物に近づかなければ攻撃ができない。さぞかし恐ろしかろうと思うのに、時にはラージャがぎょっとするほどの思い切りの良さを見せ、魔物の懐へ飛び込んでゆく。魔法も相変わらずへぼへぼではあるものの、用が足りないほどでもない。

おまけにシシィは実に多彩な魔法を知っていた。前回の探索で初めて見た、力と早さを倍増させるものだけではない。魔物が放ってくる魔法を跳ね返したり、異様に気持ちを昂ぶらせ恐怖を打ち消したり。痛みを忘れさせるというものもあった。

そして何よりラージャを唸《うな》らせた才能は野営の時に発揮された。

倒した魔物から切り取った肉と持ってきた調味料、それから本当なら直接齧《かじ》り唾液で少しずつ溶かしてゆく携帯食を小ぶりの鍋で煮込んで作った食事は実に美味だった。

「――美味《うま》い」

「本当ですか？　よかった！」

立てた膝の上に木の器《うつわ》を置き、ふうふうと吹きながら料理を食べていたシシィがにっこりと微笑む。たっぷり入った肉の間、ところどころに浮いている赤いものはコクリカの実だ。噛みしめると小気味よく砕けて酸味のある味が口の中に広がり、いくら食べても食べ飽きるということがない。

「荷物に鍋が入っているのを見た時は、ふざけているのかと思ったが」

「酷いなあ。おじいちゃんが言ってたんです。食事は大事だって。携帯食ばかり食べていると、心が痩せてゆく、迷宮でも美味しいものをしっかり食べた方がいい。そうしないと力が出ないって」

「そうか……」

かつて、深層まで達した熟練の探索者たちがそうしていたという話を聞いたことがある。まだ携帯食が発達していなかったからだと思っていたが、そうではなかったのかもしれない。

「それよりラージャさん、ずっと聞きたかったんですけど、今日得た魔物の素材、どこにやったんですか？　嵩張《かさば》らないものが多かったとはいえ、その袋には入りませんよね？」

シシィが見ているのはラージャが腰につけている小型の袋だ。中には少額のコインと傷薬程度しか入っていない。今日は獲物のほとんどが水石《アクアロック》と火石《コール》、それから夕食に使った肉程度だったが、それでもこの袋に入る量ではなかった。一瞬迷ったもののシシィなら問題ないだろうと判断し、ラージャは外套の袖を引き上げ手首に嵌まった金属の輪を見せる。

「空間魔法というものを知っているか？　迷宮のある魔物が生成するこの金属にその魔法を掛ければ無限にものを収納できる魔法具になる。深層に潜るには必須の品だが非常に貴重で持っていると知られれば狙われる。だから普通はどんな形で身につけているか他人には明かさない」

迷宮に深く潜る上で問題になるのが、道中で狩った獲物をどうやって地上まで運ぶかということだった。上層や中層の浅いところならば大抵は日帰りで狩りをするから、自分で背負うか、新人を端た金で雇って運ばせれば済む。だが、深くなればなるほど魔物は強くなるし、移動にも時間がかかる。深層を狩り場とする探索者などは一ヶ月も迷宮に潜りっぱなしになり狩る獲物も膨大な量に及ぶため、とても必要なだけの荷運び人員を連れていき、魔物から守りつつ荷を運ばせることなどできない。しかし、この魔法具さえあれば問題ない。探索に必要な物資も狩った獲物もすべて収納できる。盗賊にしてみれば、これさえ盗めれば気が遠くなるほどのお宝が手に入るというわけだ。

ラージャの説明を聞くと、シシィはぱあっと笑顔を浮かべた。

「よかった！　あの、おじいちゃんからその手の魔法具を持っている者にしか明かしちゃいけないって言われていたんですけど、僕も空間魔法を使えるんです」

「……何？」

「本当はこんな鞄なんか持たずとも、荷を全部そっちに入れて運ぶことができるんですけど……ていうか、実は調理器具とか調味料とか茶葉とかポットとか残った紅苔桃のパイとか、そっちに入れて持ってきているんですけど……もう、鞄ごと全部そっちにしまっちゃっていいですか？　それから、紅苔桃のパイ、食べます？」

表情にこそ出さなかったものの、ラージャは唖然《あぜん》とした。魔法具ですら非常に稀少なのだ。もしシシィに空間魔法が使えるとわかったら、ありとあらゆる者がシシィを欲しがるだろう。探索者だけではない。商人や貴族、王もだ。

「ラージャさん？」

卵色の髪を揺らしシシィが首を傾げる。顔を覗き込まれああと生返事をすると、シシィはいそいそとポットを取り出しお茶を淹《い》れ始めた。紅苔桃のパイが木皿に載せて差し出される。

「どうぞ」

珍しい青い水色《すいしょく》のお茶はすっとするにおいがした。紅苔桃は甘くほどよい酸味もあって、無限に食べられそうだ。精霊が力を貸してくれるのも納得の美味しさである。

「――美味い」

期待に満ちた眼差しを向けられぶっきらぼうに言うと、シシィは心底嬉しそうに笑った。

「よかった！　たくさん食べてくださいね！」

あまりにも開けっぴろげな表情にラージャはたじろぐ。

シシィの見せる人懐っこさがラージャには不思議だった。

別に人づきあいが苦手なわけではない。誰ともそれなりにうまくやれていると思う。だが、シシィはわけが違った。シシィと比べれば、他の者との間には厚い壁があるようなものだ。

「俺は初対面の相手には怖がられることが多いのだが、おまえは違うな」

「怖い、ですか？　おじいちゃんの方がずっと怖かったからよくわかりません」

「探索者だったという祖父御か」

「はい。おじいちゃんに比べれば、ラージャさんはとっても優しいです」

ぱくりとパイを食べうっとりと目を瞑るシシィに嘘はなさそうだ。

——優しい、か。

シシィがまっすぐに向けてくれる好意は心地よく、妙にくすぐったい。

パイの残りを一口に頬張りラージャも目を閉じてみる。そうすると紅苔桃の酸味が更に鮮やかに感じられるような気がした。

♪　♪　♪

「ほんとーのほんとーにすきなだけたべてぃーの？」

紅苔桃がたわわになる大木の下で幼い獣人の子が三人、興奮に頬を赤くしている。農場主の女はぴこぴこ動くちっちゃな耳の愛らしさに頬を緩めながら請け負った。

「ああ、いいとも。どうせあたしたちじゃ手が届かないんだ。頑張ってくれたらお土産にもう一袋あげてもいい。もし落っこちても受け止めてあげるからね。安心して頑張っとくれ」

「ふわあ…っ」

白い毛並みの幼な子が喜びのあまり両手で頬を押さえる。茶トラの子がおずおずと尋ねた。

「あの、あのねっ、おとうとたちも……だめ？　いっぱい、いるんだけど……」

「ああ、獣人は子だくさんだっていうもんね。かまわないよ。弟くんたちにも大盤振る舞いだ」

わあ！　と幼な子たちが飛び上がって喜び、茶トラの子がたっと走りだした。

「おむ、みんな、つれてくゆー」

「おいおい、終わってからにすればいいのに……」

気持ちのいい夕刻だ。夕風に揺れる小麦を掻き分け農場で働く大人たちが集まってくる。

「でも、いっぱいいれば、おしごと、よるがくるまえにおわるでしょ……」

白い幼な子が喋《しゃべ》っている間に、ミカン色の毛並みの幼な子が大木を登り始める。紅苔桃はとても美味しいのだけれど、この木は大きく育ちすぎて折角《せっかく》実った果実を収穫しきれず困っていたらしい。細い枝の先に生《な》った実を収穫してくれれば市場ではそれなりに高い実を好きなだけ食べていいと言われ、幼な子たちは大張り切りだ。

「弟たちか……そういえばあんたたち、みんな毛色が違うねえ。お父さんとお母さんは何色だったんだい？」

「……わかんない。ぼくたち、みなしごだから。ぼくたちみんなできょうだいなの」

「うん？　みんなできょうだい……？　てことは……」

がさがさと小麦を掻き分け、ちっちゃな気配が近づいてくる。もいだ紅苔桃を受け取るため、大きな布を広げていた大人たちは驚いた。獣人の子が二十人も小麦畑から飛び出してきたからだ。

わあっと大木に走っていって、爪を立ててよじ登り始める。うんと小さな子はずり落ちて尻餅をついてしまったけれど、ほとんどの子が茂みの中に消え、大人たちがぴんと張った布の上に、はち切れそうなほど立派に育った紅苔桃が降り始めた。

「あっはっは！　凄い数だね。いいよいいよ。何百個でも持っておゆき！」

布の上をころころと転がった紅苔桃が籠の中に納まってゆく。農場主の女が声を上げて笑うと、ほっとしたような顔をした白い幼な子も収穫に加わろうと木を登り始めた。

◆　◆　◆

シシィとパーティーを組んでおよそ四十日が経ち赤の月が大分ふっくらしてきた頃、新しい迷宮が発見されたとの報がもたらされ、ラージャはシシィと共にアブーワを出た。毎日のように迷宮に潜り続け、ラージャは理解しつつあった。自分が得がたいパートナーを得られたらしいということに。

単体での戦闘能力はそう高くない。人間は元々ひ弱な種族だ。得物《えもの》がナイフと小さいせいもあり、ラージャのフォローは欠かせない。だが、シシィの操る魔法は身体的欠点を補ってあまりあった。多彩な魔法を使えるだけではない。勘が良く、欲しいと思った瞬間に必要な魔法を放ってくれる。焦《あせ》って発動に失敗するということもない。

何よりラージャが気に入ったのはその性質だった。言われたことは素直に聞き、骨身を惜しまずくるくるとよく働く。知らないことが多く一々教えねばならないのは面倒だが、下手に知ったかぶりをされたり、自分のやり方を押し通されたりするよりずっといい。金に汚いところもなく言い寄ってくることもなく、実に無愛想でとっつきにくいであろう自分にも惜しみなく笑顔を向ける。

——いや、笑顔はどうでもいいか。

迷宮で過ごす殺伐《さつばつ》とした日々を苦に思ったことはなかったが、明るいシシィと共に潜ると、時が早く過ぎる気がするのは確かだった。

――今度のパーティーは長続きするかもしれないな。

最前線で戦うには力が足りないが、シシィにはまだ伸びしろがある。それに、精霊魔法を掛けてもらった時の自分は誰よりも高く飛び、どんなに硬い甲殻で覆われた魔物でもバターのように斬ることができた。

――シシィがいるなら、私はもっともっと高みを目指せる。

迷宮に誰より深く潜って誰も見たことのない魔物と戦い、ぎりぎりのところで勝利する以上の愉悦をラージャは知らない。より危険な狩りを楽しむためにラージャは迷宮の深みを目指し、己を鍛え、最上級の装備で身を固め、気にくわない仲間とパーティーを組むことにすら耐えてきた。

もちろんシシィはまだ新人であるし無理はできない。だが、いつか共に誰も見たことのない迷宮の深淵《しんえん》を覗くことができそうな気がする。

新しく発見された迷宮からもっとも近い街、ガルーに到着すると、ラージャはまず宿を押さえた。大概の宿屋の例に漏《も》れず、ここも一階が酒場になっていた。宿泊客なら少し安く利用できるらしい。

酷く軋む階段を下り、まだ明るいのに早くも賑わう店の隅のテーブルを確保する。他の客たちに背を向け席に座ると、ラージャはようやく砂よけの布を取った。シシィは既に部屋で外套を脱ぎ、フードのついた半袖のシャツに膝丈のズボンだけという軽装だ。

「そういえば、アブーワを出る前に、フィンリーさんのお店に行ってきたんです」

「フィンリー？」

「ラージャさんと初めて会った酒場の主です。ほら、剣でテーブルを叩き割った」

「……ああ」

街で一番美味い飯を出す店だ。シシィの作った料理を食べるようになってから、すっかり足が遠のいてしまったが。

「そうしたら、しばらく迷宮探索は休んで助っ人に入ってくれないかって言われて」

「何?」

思わず低い唸り声を上げてしまい、ラージャは咳払いした。シシィがおかしそうに笑う。

「ほら、赤の月が満ちつつあるでしょう? またアーシャさんがお店に出られなくなるから。でも、ちゃんと断りましたから、心配しなくても大丈夫です」

「……心配など、していない」

赤の月は五つある月の中で一つだけ満ちる周期が定まっていないため魔の月とも呼ばれる。

赤みがかった巨大な真円が空に懸《か》かる夜は特別だ。酒場では喧嘩が増え、獣たちは一晩中落ち着きなくうろつき回る。迷宮外の事象には一切影響を受けないはずの魔物たちが凶暴化し、普段は異なるサイクルで巡っていた発情期がオメガ性を持つ者たちを一斉に襲う……。

「それでね、誰かが言ったんです。つがいを決める気はないのかって。そうすれば、発情期が来ても、アルファに襲われる心配をしなくて済むでしょう? そしたらアーシャさん、つがいにするならラージャさんみたいな金も地位も権力も兼ね備えたアルファじゃなきゃヤダって」

ラージャは噎《む》せそうになった。

「何だ、それは」

「僕、全然知りませんでした。ラージャさんてアルファで、凄くもてるんですってね。いつも顔を隠しているのは、パートナーになった僕を皆さんの嫉妬から守るためじゃないかってフィンリーさんに言われたんですけど、本当ですか？」

ラージャはナプキンで口元を押さえ、妙に浮ついた様子のシシィから目を逸らす。

「今日はやけに喋るな」

「えっ、そうですか？」

「発情期を控えたオメガのようだ。……おまえの第二の性は何だ。アルファか？」

小さいとはいえシシィの軀は引き締まっていた。魔法のセンスも目を瞠《みは》るものがある。だから充分ありうると思ったのだが、シシィは卵色の癖っ毛が跳ねるほどの勢いで首を振った。

「まさか！　多分ベータだと思います」

「多分？」

「だって、アルファはありえないし、もしオメガならとっくに発情期を経験しているはずでしょう？　検査はしてないですけど」

オメガたちは早ければ十四歳くらいから、遅くても十六歳くらいまでに初めての発情期を迎える。シシィの年齢で発情期を経験していないなら、オメガでないと断言してもいい。

「親はアルファではなかったのか？」

「わかりません。僕は捨て子だったから。でも、もしアルファの血筋だったら、子を捨てたりしませんよね」

ラージャは唇を引き結んだ。

アルファは子ができにくい。おまけに二親共にアルファでもアルファの子が生まれるとは限らない。大抵はベータ、稀《まれ》にオメガすら生まれる。どの第二の性に生まれついたかは年頃にならなければわからないため、アルファの親は、少なくとも第二の性が明らかになる年頃までは子を大切にする。

「不躾《ぶしつけ》なことを聞いた」

「気にしないでください。それで、ラージャさんはアーシャさんをどう思っているんですか？」

ラージャは厨房の方を窺《うかが》うふりをして目を逸らした。

「別にどうも」

「じゃあ、前のパーティーメンバーのアンヌさんって方のことは？」

眉間に皺が寄ったのが自分でもわかった。

「そういう話はしたくない」

怒気を感じ取ったのだろう。シシィがしゅんとなる。

「あの……ごめんなさい」

ラージャは意識して声をやわらげた。

「怒っているわけではない。ただ、女もオメガも苦手だ」

「モテるのに？」

「あいつらは隙あらば俺を堕落《だらく》させようとする」

勿忘草色の瞳がきょとんと見開かれた。

「堕落……」

「特にオメガは計算高い。アルファの子が生まれやすいのをいいことにしたたかに立ち回る」

運ばれてきた料理に手を伸ばしつつラージャはこっそり溜め息をついた。

アルファに生まれてもっとも煩わしいのがこの問題だった。

オメガはアルファとは逆に男性体でも女性体でも妊娠しやすい。アルファとつがえば高確率でアルファの子を産む。アルファ同士で結婚するより、オメガを花嫁に迎えた方がアルファの子が生まれやすいのだ。つまりオメガはいい血を残したいアルファにとって、見たくもない己のケダモノじみた本性を突きつけてくる忌まわしい存在であると同時に最良の花嫁候補なのだった。質《たち》の悪いアルファにうなじを噛まれ強引につがいにされる者もいないではないが、大抵のオメガはより条件のいいアルファとつがいになろうと計算高く立ち回る。罠に掛けられ結婚する羽目になったアルファもいる。くだらない間違いを犯すつもりのないラージャは魔の月が満ちてくるとオメガを遠ざけるようにしていた。

——発情期のオメガのにおいは魔物たちをも惹き寄せてしまうしな。検査したことがないのは気になるが……発情期が来たことがないならシシィはオメガではないのだろう。

食べることに集中していると、酒場の扉が開いた。外が暗いため鏡のようになった窓ガラスに、大きな戦槌《ウォーハンマー》を携えたドワーフや戦斧《ハルバード》を負った獣人など、見るからに厳つい男たちが入ってくる様子が映る。

「おおう、ラージャさまがおわすぞ」

太陽を浴び風に揺れる小麦のような色の毛並みの獣人が近づいてくるのを見て、ラージャは顔を顰めた。

「うん？　随分《ずいぶん》とちんまいのを連れておられるな。俺は『比類なきいさおし《ヴァロー・エクストラオーディナリー》』のシンだ。貴殿は？」

「こんにちは。ラージャさんとパーティーを組ませていただいてますシシィと申します」

酔っ払いに丁寧に応対する必要などない。それなのに、わざわざ持っていた肉の塊《かたまり》を皿に置いて自己紹介したシシィの顔を、シンは身を乗り出して覗き込もうとした。苦い不快感が胸に広がり、ラージャは後ろに撥《は》ね除《の》けられていたシシィのフードを摑んで目深にかぶせる。

「わぷっ」

「見るな。減る」

「減るかよ！　いやしかしマジか？　マジでこんなちんまいのと迷宮に潜る気か？　パーティーを解散したって話は聞いていたが、これはないわ。今度こそは俺たちが初攻略の栄誉をいただけそうだ！」

「そうか。頑張れ」

ラージャは葡萄酒を取り、喉を潤した。

意気揚々と仲間の許に戻ったシンがこちらを指さして何か言っている。どっと上がった笑い声に、シシィがフォークを置いた。

「どうした」

「あの、ごめんなさい。僕みたいなのと組まされたせいで絡まれて。きっと攻略も……」

「あの男の言葉は気にするな。俺は今回も一番に攻略するつもりでいるし、おまえとなら充分可能だと思っている」

あまり飲んでいないはずだが葡萄酒が回ったのだろうか。シシィの血色がよくなる。ちょうどいいのでラージャは新迷宮攻略の概略を説明し始めた。

「新迷宮はどんな魔物が出るか、どんな構造になっているのかわからない。よって一般の探索者は立ち入り禁止となり、ランカーと呼ばれる上位十組の探索者が率いるパーティーが探索を依頼される」

守護機関はランカーの名を常時公開していた。ランカーが率いるパーティーに入れれば新人でも新迷宮探索に加われる。

「俺たちの役目は地図を作りながら潜り、どこでどんな魔物と遭遇したか記録することと、迷宮を攻略し成長を止めることだ」

「シンさんもランカーなんですよね？」

装備を調え武器を携えた男たちをラージャは見る。

「ああ。食事を終えたら潜るつもりのようだな。俺たちの攻略開始は明日の朝だ」

「あのっ、早く攻略に取り掛かった方が有利じゃありませんか？」

『比類なきいさおし』が先に迷宮に潜るということに危機感を覚えたのか、焦りを見せるシシィをラージャはなだめた。

「いいや、そうとは限らない。先に潜った方がより多くの魔物と戦うことになり体力を消耗する。最深部へ到達する前に力尽きるなら、先行したところで意味はない。旅の疲れを残したまま攻略に取り掛かるより、他に露払いを任せた方が利口だ。俺たちは万全の態勢を整えてから迷宮に挑む。いいな」

「——はい」

「わかったら、食べろ」

店員を呼び、更に料理を注文する。シシィはカトラリーを握り直すと、猛然と肉の塊の攻略に取り掛かった。華奢な体軀に似合わずよく食べるが、どんなにがっついていてもシシィは食べ方が綺麗だった。ちまちまと切り分けた肉を口へと運ぶ様子はどこか可愛らしい。

食事を終えそれぞれの部屋に別れると、ラージャは湯を運ばせ、湯浴みをした。迷宮に入ってしまえばこんな贅沢はできない。すっきりしてしっかり休息を取る。

翌朝、朝食をとりに行くと、すっかり装備を調えたシシィが席について待っていた。クルタ《シャツ》の前をだらしなくはだけたラージャの姿を見るなり目を丸くする。そういえばシシィと会う時にはいつも外向きの格好をしていたなと思いつつラージャは長軀を狭いスペースにねじ込んだ。

「……おはようございます」

「ああ。昨夜は眠れたか」

「はい」

テーブルの下に足が入らないので横向きに座り、肘を突く。

いつもならまっすぐに視線を合わせるシシィがちらちらと盗み見てくるのに気がつき水を向けると、上目遣いに睨《にら》まれた。

「……何だ」

「あの、わかったような気がします。前のパーティーの女の人がつけ上がっちゃった理由」

「ほう。言ってみろ」

命じると、シシィはなぜか赤くなり、ぼそぼそと言った。

「そういう隙だらけの格好見せるから……」

「隙だらけ？　どこがだ？」

「胸元とか！　腹筋とか！」

ラージャは首を傾げた。

「別に女ではあるまいし。他の連中も似たような格好をしている」

「他の探索者は普段からだらしない格好してますけど、ラージャさんは外套を脱がないじゃないですか。いつも襟元《えりもと》までしっかり締めてます」

「開けっ放しでは防御力が下がる」

布を巻いていないために落ちてくる長い髪を掻き上げたら、シシィが両手で顔を覆った。

「それなのにいきなりそういう無防備な姿を見せられると、どきっとしてしまうんです。他の女の人はこんな姿見たことないんだろうな、なんて思うと特に。それから気怠《けだる》げに髪を掻き上げるのもやめてください」

ラージャは理解しようとする努力を放棄した。

「わけがわからん」

「僕だってわけがわかりませんよ。こんな大きな男を見て、どうしてドキドキしちゃうんだろ……」

提供された朝食はまずまずだった。腹が満ちるといつものように装備を調え、迷宮へと向かう。

まだ整備されていない入り口には縄《なわ》が垂らされていた。半ば滑り落ちるようにして迷宮に降り立ったシシィは、それだけで感極まったような溜め息を漏らす。

「アブーワと全然違う……」

ごつごつとした岩壁の奥で光石がきらきらと光っている。壁際には巨大な甲虫の死骸が横たわっていた。探索者が倒した魔物の残骸はすぐさま他の魔物によって捕食され、跡形も残らない。この魔物は恐らく『比類なきいさおし』によって倒されたものだろう。

——まだ入り口なのにこうも大きな魔物が出現するのか。

どんな戦いが待っているか考えると楽しみすぎて、自然と獰猛な笑みが湧《わ》いてくる。

「行くぞ」

守護機関から貸与された小さな石版を起動し、ベルトから下げたホルダーに差す。地味だがこれも魔法具だ。持ち歩けば守護機関の事務所にある地図に自動的に持ち主が辿ったルートが書き込まれるらしい。魔物を倒すたびに詳細を書き込めば、どこでどんな魔物に遭遇したのかも記録される。

最初のうちは『比類なきいさおし』が露払いしてくれたおかげであまり魔物と遭遇せずに済み、かなりのペースで先に進むことができた。階層が浅い割にそこそこ強い魔物が出現することには驚かされたが、問題ない。五階層を過ぎた辺りから違うルートに入ったのだろう。魔物の出現率が上がると同時に、複数を一度に相手取らねばならないことが多くなった。

「ラージャさん」

「大きいのは俺が。小さいのは任せる」

シシィは案外気配に敏感で、獣人であるラージャにそう遅れることなく魔物の接近に気がついた。簡単な指示だけ下して剣を抜けば、背後からも鞘を擦る金属音が聞こえる。

外套を翻し、軀を低くして駆ける。ラージャが牛ほどの大きさがある狼のような姿をした魔物に斬り掛かったのと同時に、斜め後ろを併走してきたシシィが横から飛び掛かってこようとしていた眷属《けんぞく》らしき小物を斬り捨てた。

一撃で脳天をかち割ってやるつもりだったが、狼が素早く首を傾けたせいで肩に当たる。肉に深く食い込んだ刃はそう簡単には抜けない。外套の下で、上腕の筋肉が盛り上がる。剣を持っていかれないよう踏ん張りつつ、ラージャはもう一方の手でベルトに差してあったナイフを握った。別の方向から襲おうとしていた眷属を流れるような動きで屠り、返す刃を狼の横腹へと突き立てる。

聞くに堪《た》えない悲鳴が上がり、外套に血が飛び散った。狩りの興奮が高まり、勝手に口角が上がる。哄笑《こうしょう》を上げたいという衝動が軀の内側で膨れ上がるのを覚え——ラージャは気づいた。

——おかしい。

しっぽを大きく振って軀を捻《ひね》る。剣を力任せに振り下ろすと、魔物の首が気持ちいいくらい勢いよく飛んだ。息絶えた魔物を見下ろし——ラージャは己の胸に掌を当てる。

心臓の鼓動が異様に早かった。大きいとはいえ、アブーワの下層を狩り場にしていたラージャにとってこの程度の獲物など雑魚《ざこ》にすぎない。それなのに全身の血が滾《たぎ》り、鎮まらない。

——熱い。

足りないと全身が叫んでいる。もっと熱くなれる何かが欲しいと。

何かとは、何だ?

狩りのペースを上げる。大股に歩くラージャについてゆくため、シシィは小走りになっている。足を緩めてやるべきだと心の片隅ではわかっているが、逸《はや》る心を抑えられない。もはやシシィに指示を出す余裕すらなく、魔物を捕捉するなり矢のように駆けだす。

「ラージャさん⁉」

魔物が射出した粘液の塊を外套で弾く。じゅっと音を立て地面が溶けたのと同時に、背後から飛んできた火の玉が魔物に着弾し燃え上がった。シシィの掩護だ。

魔物が熱に反応してぎゅっと縮んだ隙を逃さず両断する。遭遇から倒すまで、五つ数える間もない。

「凄い……」

ラージャは身を震わせた。シシィが思わず漏らした賛辞に、ぞくぞくするほどの歓喜を覚えたのだ。

――おかしい。

魔物の死骸を魔法具に納めるとすぐ前進を再開する。このままではラージャのペースについていけないと思ったのだろう。シシィが走りながら風よと詠唱し、己の身を軽くした。魔力はどうしても必要な時に備え温存すべきなのに、ラージャは止めようとはしなかった。それよりも、身の裡からとめどなく溢れ出す活力とでも言うべきものをどうにかするのでいっぱいいっぱいだったのだ。

――おかしい。

いつもの何倍もの早さで進む。そろそろ疲労困憊して然《しか》るべきなのに、指の先まで気力は漲《みなぎ》ったまま、いつまでだって戦い続けていられそうな感覚が消えない。

――そろそろ止まらないと、まずい。

通路の先が明るい。ラージャはペースを上げてほとんど駆けるようにして光の下へと飛び込み――ようやく足を止めた。

オアシスのような空間がそこに開けていた。この迷宮の特徴である光石の密度が濃いのだろう。天井が眩いほど明るく、まばらではあるが植物さえ生えている。床には天井から幾筋も流れ落ちる清水が溜まり、鱗のような形の池が幾重にも広がっていた。膝ほどの深さがある澄んだ水の中からは長身のラージャでも見上げるほど巨大な獣の肋骨《ろっこつ》がそそり立っている。魔物は一匹もいない。

迷宮を探索していると時々こういう場所に行き会う。恐らく他の魔物が近づくのも躊躇《ためら》うほどの強者がここで死んだのだ。骨が残っているのがその証拠だ。

「今日はここで休む」

「はい」

シシィが野営のための道具を取り出す。その横を通り過ぎようとして、ラージャは甘いにおいに気がついた。

――何だ、これは。

かあっと軀が燃え上がり、意識がシシィに吸い寄せられる。振り向くと、シシィもまじまじとラージャを見上げていた。戦いは終わったというのに、顔を上気させて。

――そういえば、地上ではそろそろ魔の月が満ちる頃ではなかったか――？

赤い真円が頭上高く昇り、狂気が振りまかれる時。

あやしてもあやしても赤子は泣きわめき、娼館は客で溢れ――オメガが発情期を迎える。

この時に甘いにおいを発するということは――。

「シシィ。嘘を、ついたな？」

淡々とした問いにシシィは狼狽《ろうばい》した。

「いいえ、嘘なんかついてません」

「では、このにおいは何だ。おまえはオメガなのだろう？」

シシィは脅えたような顔で抗弁する。

「そんなはずありません！　だって今まで一度だって発情期なんて」

「では、俺と迷宮に潜った今この時、都合良く初めての発情期が来た、と？」

勿忘草色の瞳が泳いだ。

「これが本当に発情期なのだとしたら、そうなんだと思います」

これまでにない虚無感を覚え小さく舌打ちすると、シシィは傷ついたような顔をした。

だがもう騙されない。

今までにも似たようなことをしようとした者はいた。オメガではないと嘘をつき、既成事実を作ろうとしたのだ。どさくさに紛れてうなじを噛ませることができれば、大抵のアルファはオメガをつがいに迎え入れる。アルファの子をえられるかもしれないからだ。

「――おまえはそんなことをするような奴ではないと思っていたんだがな」

いつの頃からか、他人に期待などしないようになっていた。いい奴に見えても心は許さない。学んだからだ。どうせそのうち思わぬ一面が露見して失望することになると。

だが、いつの間にかシシィだけは違うのではないかと思うようになっていたらしい。

「ようやく些事に煩わされず、深みを目指せる仲間を得られたと思っていたのに――」

終わる。何もかも。

発情したオメガのにおいは魔物をも惹き寄せる。この場所は魔物たちに忌避されているが、いつ誘惑が勝って魔物たちが入ってくるかわからない。シシィも自分も今夜のうちに押し寄せる魔物たちに食らわれてしまうだろう。

ラージャはアルファの血に抗するのを止めた。

シシィの胸ぐらを摑み、白くきめの細かい砂の上に実に軽い軀を押さえつける。

「どうするかおまえが決めろ。ここで俺に抱かれるか、何もしないか。ただし、抱いたからといっておまえを特別扱いする気はない。もし生きて地上に戻れたとしても､俺はおまえを薄汚い雌扱いする」

締めつけられて苦しいのか、シシィがラージャの手を押さえる。ラージャと比べシシィの手はずっと小さく華奢だ。

「信じてくれないんですね……」

選ぶ代わりにシシィが零《こぼ》した言葉にラージャは奥歯を噛み締める。

「泣くな」

動揺してはならない。何度同じ目に遭えば学ぶ。こいつらはいたいけな顔をして平気で嘘をつく。おいしいアルファを捕まえるためなら何でもする。

「も……い、です。好きにして、ください……」

「好きに、とは？」

「だい、て……。この熱を、何とかして。も、おかしく、なりそ……。おね、が……っ」

発情した軀が切なくてたまらないのだろう。膝を擦りあわせる仕草に、股間が痛みを覚えるほど滾った。シシィの外套の前を開き、淡い草色のシャツを力任せに引き裂く。剝《む》き出しになった胸元に咲く綺麗なピンクの尖りが目に入った途端、喉がごくりと鳴った。

己のとは別物のような可憐さに思わず指を伸ばすと、シシィが手の甲を口元に押し当て小さく震える。そっと摘まみ上げて指の間で転がせば、ひくんと腰が浮いた。

感じているのだ。

全身の血が頭と股間だけに集まってしまったかのようだった。どくどくと拍動し、存在を主張する。下半身に急《せ》き立てられるまま、シシィのベルトを緩め、ズボンと安物の肌着を引き下ろす。すんなりと伸びた足があんまり綺麗だったので思わず掌を滑らせると、シシィがもどかしげに身をよじった。

――被害者であるようなことを言ったくせに、私を誘うか。

膝裏を押し上げる。剝き出しになった蕾《つぼみ》は薄いピンク色だった。慎ましやかに口を閉じているが、既に愛液が滲《にじ》んでいる。

「見ない、で……」

恥ずかしそうにひくついているそこにラージャは指をあてがった。圧を加えると、指がずぶずぶと沈んでゆく。そこは既にたっぷりと潤んでいた。

「んん……っ」

シシィは声を出すまいと両手で口元を塞ぎつつも、抵抗しない。手早く前だけくつろげると、ラージャの性器を見たシシィが脅えたような表情を浮かべた。

「え……っ、待って。無理。そんなの、無理……っ」

ねだっておいて、何を馬鹿なことを言っているのだろう。ラージャはかまわずシシィの足を掴むと中に突き入れた。

「ひ、あ……っ」

熱く濡れた肉の狭間《はざま》にいきりたった性器がどこまでも沈んでゆく。オメガの軀というのはこんなにも甘いものなのかと感嘆しつつ、ラージャはほっそりとした——だが女のようにやわらかくはない——腰を摑み直し、細かく揺さぶった。清楚《せいそ》な印象を与えるシシィの窄《すぼ》まりに、獣人である自分の肉棒は厳つすぎるような気がしたが、シシィの表情に苦痛の色はなかった。

「あっ、あっ、あっ……、んうっ、ん、あ、あ……んーっ」

うっすらとピンクに染まった軀がよじられる。薄く開いた唇から絶え間なく溢れる声は実に気持ちよさそうだ。恍惚《こうこつ》と蕩けた表情からは、快感に我を忘れているのがありありとわかる。無垢《むく》で愛らしく、子どものようだとすら思っていたシシィが自分の下で淫蕩によがっている……。

——何を興奮しているんだ、私は。

ラージャはシシィの中から熱棒を引き抜き力の抜けた従順な軀をひっくり返した。四肢を這わせ、今度は後ろから貫く。顔を見なければ少しは冷静さを保てるのではないかと思ったのだ。

「ひあ……っ」

奥をぐりぐりと圧迫する。シシィが細い声を上げ、背を反り返らせた。そのまま細かく震えている。達したのだ。

熱くやわらかな肉で搾られる感覚がたまらない。ゆるゆると腰を動かし痙攣《けいれん》する中の感触を愉しんでいると、感じすぎるのだろう、シシィはいやいやと弱々しく首を振った。

「はあ……っ、あ、やだ、あ、やあ……」

シシィの何もかもが鮮烈に脳裏に刻み込まれてゆく。シャツがずり落ちかかっているせいで見えるシシィの薄い肩も。左右に割れた卵色の髪の間に覗く白いうなじも。

上半身を前に倒し、舌先でうなじをなぞると、快楽に蕩けていた軀が強張った。脅えているのだろうか。いや、厭がる素振りがないということは、待っているのかもしれない。噛まれるのを。

ラージャは奥歯を強く噛みしめると乱暴にシシィの中を掻き回し始めた。

「あああ……っ」

小さな尻に指を食い込ませ、肉棒を深々と突き入れる。精を放つとシシィは鼻にかかった嬌声《きようせい》を上げた。

——オメガは種つけされるのを悦《よろこ》ぶというが……。

腰を引くと、白濁が糸を引きシシィの太腿を汚す。力尽きたようにくずおれたシシィの膚は汗に艶めき、噎せ返るような甘いにおいを放っていた。そのせいか、射精したというのにラージャの性器はいささかも萎えない。息も絶え絶えといった風情で喘ぐシシィの片足を担ぎ上げ、再び腰を進める。

「あ……ん……っ」

眉根をきつく寄せ、シシィは雄を受け入れた。根元まで埋め込み一旦動きを止めると、涙に濡れた目で見上げてくる。

意識するより早くラージャは身を乗り出していた。薄く開いていた唇を吸う。

——なぜ私は接吻などしているのだろう。

この性交にラージャの意思はない。これは野の獣の交わりに等しく、欲を吐き出せればそれでいいだけの行為。くちづけなどする必要はない。

だが、ラージャはシシィの髪を掴むと、更にくちづけを深くした。

——かまうものか。

激しく腰を打ちつける。

「ん、んん……っ、はあ……っ、あ、あ、あ……！」

ラージャに比べ、不釣りあいに小さな軀がまた痙攣する。濡れた洞がきゅうっと収縮し、ラージャの雄をやわらかく締めつけた。勿忘草色の瞳はすっかり蕩け、もはや何も見ていない。なめらかだった膚には砂が張りつき斑《まだら》になっているが、快楽だけに傾注しているシシィは気がついてもいないようだ。しっぽを震わせ、込み上げてきた劣情を注ぎ込むと、ラージャはシシィの中から雄を抜き出した。くったりとした軀を片腕で抱き上げる。軀に纏わりついていたシャツの残骸や外套を振り落としなが

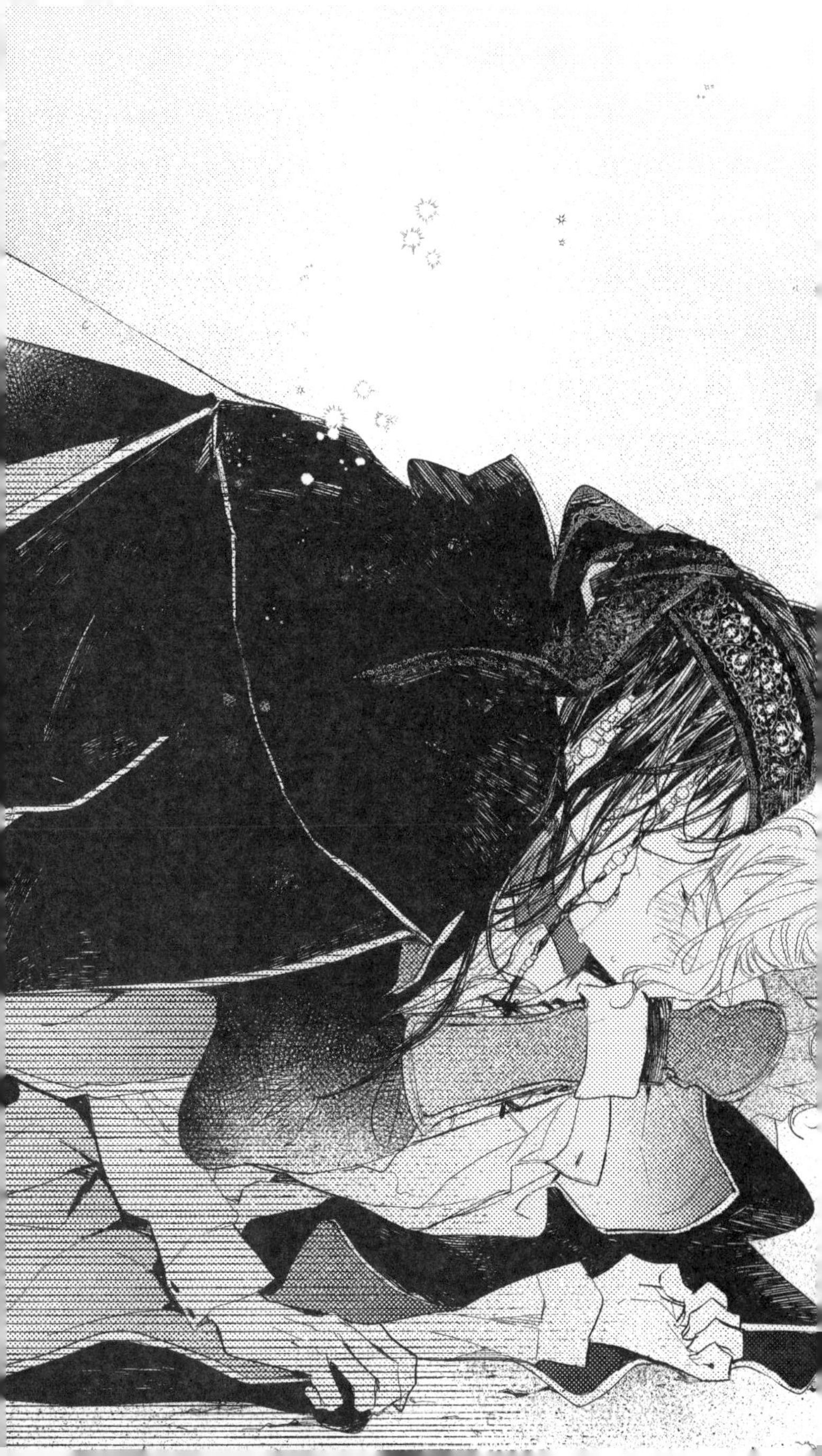

ら歩き、水盆のような池の一つの中へと下ろすと、砂が流れ元の白い膚が現れた。

ほっそりとした四肢が透明な水の中で揺らぐ。

――なぜだろう。

若く瑞々《みずみず》しい肢体から目を離せない。

やがてシシィがゆるゆると手を持ち上げ、ラージャへと差し伸べた。逞《たくま》しい首へと縋りついてきたので、きつく抱き締める。自然に唇が重なりあい、ラージャは目を伏せた。愛おしいとでも言うべき感情が胸に込み上げてきたが、そんなはずはなかった。シシィは自分を騙《だま》したのだ。


気がつくとラージャは水辺の砂の上で、シシィと抱きあうようにして横たわっていた。そう長く寝ていたわけではないのが感覚でわかる。そろそろと手を引っ込め抱擁《ほうよう》を解くと、ラージャはシシィの顔を覗き込んだ。耳を立てて集中し、眠っていることを確認する。

軀中が軋んでいた。あれだけ無茶な連戦をこなした後、ほぼ一晩中交尾し続けたのだからガタが来て当然だ。そして、人間は獣人よりもっと弱い。

シシィの顔色は悪かった。目の下には隈《くま》まで浮いている。オメガとはいえ延々と腹の中を穿《うが》たれ続けたのだ。ただで済むわけがなかった。

――罪悪感を覚える必要はない。こいつは私を騙した。

パーティーは解散する。シシィはこのままここに置き去りに――したかったが、シシィはまだまだ迷宮に不慣れだ。そんなことをしたらきっと死ぬ。

「くそっ」

舌打ちすると、ラージャは魔法具から傷薬を取り出し、口の中で噛み砕いた。水と一緒に口移しでシシィに飲ませる。迷宮産の薬の効き目は劇的だ。目が覚める頃には何事もなかったかのように元気になっていることだろう。

シシィの口端からつうと零れた水を舐《な》め取ると、ラージャは随分前に露天で買った携帯食を取り出し、口に入れた。久しぶりに口にする携帯食はもそもそしていて味気ない。

食事が終わると脱ぎ捨ててあった外套を拾って袖を通し、愛剣を手に取る。壁際に居場所を定めると、ラージャは剣を抱えて横になった。

◇　◇　◇

口の中がまずい。

目が覚めたシシィはまず水筒を取り出すと、口を漱《すす》いだ。砂の上に座り込み、ぼんやりと寝る前に何を食べたのか考える。

――？

ふと違和感に気がついて見下ろしてみて、シシィは唖然とした。全裸だったからだ。おまけに膚のあちこちがかぴかぴしている。足の間などぱりぱり音がしそうだ。

そろそろと腰を浮かし、水盤のように盛り上がった縁を越えて池に入る。両手で水をすくって顔を洗うと、シシィは壁際で剣を抱き丸くなって眠るラージャを見た。ちゃんと服を着ている。

——ええと、何で僕だけ裸なんだっけ……？

ううーんと考え込んだシシィの頭の位置が徐々に下がってゆく。途中でいきなり顔を真っ赤に染めると、シシィは両手で顔を覆って固まってしまった。

——僕、ラージャさんに抱かれたんだ……。

シシィはオメガだった。

おじいちゃんが色々教えてくれたのに、シシィは何もわかっていなかった。オメガの発情期というものがどんなものなのか、襲い来る性衝動がいかに強いかも。

——ラージャさん、怒ってた。

発情期を迎えたことがなかったのも、自分はオメガではないと思っていたのも本当のことだったけれど、ラージャは耳を貸してはくれなかった。それどころか誘惑するためにわざと隠していたのだと決めつけた。

——誘惑するつもりなんか、本当になかったのにな。

信じてもらえなかったのは哀しいけれど、こうなってしまったらどうしようもない。きっとパーティーは解散だ。探索自体ここで打ち切りになるかもしれない。残念だが、ラージャと一緒でなければ立派な探索者になれないわけではない。欲しくても手に入らないものはたくさんある。ラージャもその一つだったというだけのこと。大丈夫だ。ジュールがまたいい探索者を紹介してくれる。お金を払えば首筋を噛んでくれるアルファもいると聞いたことがある。つがいさえ定まれば魔物を誘引してしまうことはないし、探索者になるのに問題はない。気持ちを切り替えて、次はうまくやればいい。大丈夫、大丈夫。

でもその時、ふっとアブーワ迷宮の門前でラージャとすれ違うさまが頭に浮かんだ。ラージャは新しいパーティーメンバーに囲まれている。シシィが挨拶をしても見向きもしない。通り過ぎるラージャを見送り、シシィは一人立ち尽くして、そして……そして？

——あれ。

頬が、池の水とは違う液体に濡れたのに気がつき、シシィはごしごしと目元を擦った。こっそりとラージャの方を盗み見て、眠っているのを確かめる。

——僕、どうして……。泣いたってどうにもならないってわかってるのに。

涙は後から後から溢れ出し、水面に波紋を刻んでゆく。おまけに嗚咽まで込み上げてきてしまい、シシィは両手で口元を押さえた。

——ラージャさんには、嫌われたくなかったなあ。

ラージャと探索するのは楽しかった。その身体能力の高さ、知識の深さには驚嘆するばかりだったし、戦う姿にだって見惚れずにはいられなかった。ずっとずっと一緒のパーティーでいられたらと思っていたのに。

どれくらい時間が経ったことだろう。ようやく涙が止まると、シシィは拳でごしごしと顔を擦った。

「——よし！」

池の中で立ち上がり、思い切り軀を伸ばす。

大丈夫。シシィとラージャがいるのは迷宮の奥深くだ。攻略を目指すにせよ地上に戻るにせよ力を合わせねばならない。許してはもらえないかもしれないけれど、まずは謝ろう。これまで発情期が来なかったとはいえ検査さえ事前に受けていればお金はかかるけれどオメガだということはわかったのだ。全部シシィの落ち度ということでいい。わざとでなかったということだけわかってもらえさえすれば。

——パーティーが解散することになっても、せめて挨拶くらいできる関係でいたいもんね。

そう決めたシシィは池の水で軀を清め始めた。結構乱暴に扱われたような気がするのにどこにも痛みは残っていない。この分ならすぐにでも戦えそうだ。ゆるゆると流れる水の中に片手を突き、己のそこをそっと広げてみる。終わってからそれなりに時間が経ったと思うのに、どろりとしたものが太腿を伝い落ちてきたのを感じ、シシィは真っ赤になった。

昨夜の記憶が頭を過《よ》ぎる。

ラージャの膚は熱かった。

タフなのは知っていたけれどセックスの時も強靱《きょうじん》な肉体は疲れを知らず、何度も注がれたシシィのそこはラージャの精でいっぱいになってしまった。ラージャが動くたびにぐちゅぐちゅぬめって、それが凄く気持ちよくって……。

頭が沸騰しそうになってしまい、シシィはぶんぶんと首を振った。

思い出すな。とにかく、このままでは下着を汚してしまう。

目元を赤く染めつつ、シシィはぎこちなく己の指で白濁を掻き出す。

——オメガって男でも妊娠するんだよね。うなじを噛まれてつがいになったら。

痛みを感じた記憶はなかったが、念のため己のうなじをなぞってみる。

――大丈夫。違和感はない。噛まれていない。

ほっとすると同時に胸の奥がちくりと奇妙に痛み、シシィは顔を歪《ゆが》めた。

――変なの。噛まれなくってよかったって喜ぶべきなのに。

気が済むまで身を清めて池から出ると、軀を拭き身なりを整える。目が覚めたらラージャも腹が減っているだろうと、シシィはきらきら光る砂の上に魔法で収納してきた調理器具を取り出し、食事の準備を始めた。昨夜のお詫《わ》びを込めて、各種調味料と米と一緒にジジ鳥を丸々一羽煮込む。収納する前に下拵《したごしら》えをしておいたので、そう時間はかからない。時々鍋の下に細かく砕いた火石《コール》を放り込み、火加減を調節する。

いいにおいが漂い始めると、ラージャが起き上がり鍋の前へとやってきた。

「おはようございます」

「……」

無言で腰を下ろしたラージャに、シシィはできたばかりの料理をたっぷりよそった器を差し出す。

「あの、昨日はすみませんでした。僕、本当に自分がオメガだなんて知らなくて。わざと黙っていたわけじゃないんです」

くん、と料理のにおいを嗅いだラージャが煮込みの上澄みを啜った。

「だからあの……あの……ごめんなさい」

ちゃんと話そうと思ったのにラージャと視線が合わない。それだけで心が折れそうになり声が震えた。目を上げたラージャのしっぽがぶわっと逆立つ。

「泣くな」

「泣いて……ないです……」

ただちょっと汗をかいてしまっただけ。拳で目元を擦ると、ラージャが溜め息をついて立ち上がった。そそり立つ巨大な肋骨の一本に歩み寄り、先端を切り落とし始める。

「あの……？」

「軀の具合は？」

シシィはぼそぼそと答えた。

「問題ない、です」

「戦えるなら攻略を続ける。ただし、昨日も言った通り俺はおまえをつがいに迎える気はない。ふざけたことを言いだしたら、攻略は切り上げる」

どうしてだろう、胸がずきずき痛む。でも、シシィは口角を引っ張り上げてにっこりと笑った。

「……はい！」

「ちょうどいい魔物避けも手に入った。夜になったら使う。収納しておけ」

「はい」

食事を終えると、二人は攻略を再開した。昨日相当の距離を稼いだとはいえ、一日近い時間を無駄に過ごしている。早く取り戻さなければならない。

だが、この日の探索は散々だった。昨日までの順調さが嘘のように何度も行き止まりに突き当たり引き返す羽目になる。面倒な魔物とばかりに遭遇し、一日で貴重な解毒石を何個も消費させられた。

何よりラージャの動きが精彩に欠けていた。まるで戦いに集中できていない。

——というか、僕のことを、見ている……？

「ここも行き止まりかあ……」

落ち着かない探索の末、判明した事実にシシィは溜め息をついた。深く下っていくかと思って選んだ通路は小部屋のような空間で終わっていた。残念だが、地上ではそろそろ陽が沈む頃である。ラージャも調子が出ないようだし、今日はもうここで野営した方がいいかもしれない。

念のため、抜け道がないか確かめようと小部屋の奥まで進みつつそんなことを考えていると、背後から腕が伸びてきてシシィを抱き込んだ。

「え……え?」

卵色の髪にふわふわと覆われた首筋に上から高い鼻梁《びりょう》が埋められる。すんすんとにおいを嗅がれ、シシィは硬直した。

——何……?

そういえばアーシャは発情期が来るたび、五日ほど休みを取ると聞いた。つまりオメガはそれだけの間、危険なにおいを振りまいてしまうのではなかろうか。

——ちょうど魔の月が昇る頃だけど……まさかね……。

シシィはそろそろとラージャの腕を解こうとする。だが、どんなに力を込めても鋼《はがね》のような腕は動かない。それどころかぐっと腹を引き寄せられ、尻にラージャの熱塊が当たった。

——あ……。

昨夜これで散々に啼《な》かされたことを全細胞が思い出す。

愛液が分泌され、中がとろとろと潤い始めた。

——嘘……。

シシィは肩越しにラージャの様子を窺う。まだ野営の準備もしていないのに、背後の男に抱かれることしか考えられない。早く尻の狭間にラージャの体格にふさわしく長大なモノをくわえ込み、前後に揺さぶられたくてたまらない。

ラージャが無言でシシィのバックルを外す。様々な装備やナイフが下がっているベルトが重い音を立てて落ちると、下着ごとズボンが太腿まで引き下ろされた。それから、ラージャの、雄が。

——やっぱり、大きい……。

軀が大きいだけあって反り返ったラージャの雄はとても自分の中に収まるとは思えない威容を誇っていた。反射的に腰が引けてしまうが、欲に駆られた雄が見逃してくれるわけがない。

「待……っ、ちょ、ラージャさん……！」

後ろから片方の太腿を抱え込むように持ち上げられた。尻のあわいにひたりと熱く濡れた雄があてがわれ、後ろからぶっすりと貫かれる。性急な抽挿《ちゆうそう》が始まり、シシィは前にのめった軀を、壁に手を突いて支えた。

「あっ、あっ、あっ、ふ、うっ、あ、あん……っ、や、あ……っ」

一言もなく後ろから犯すなんて酷いと思うのに、よがり声が止まらない。

——だって、気持ちいい……。

狭隘《きようあい》な肉の狭間を擦り上げられるたび、思考が蜂蜜みたいに蕩けてゆく。大きすぎるモノをくわえ込まされた場所が今にも張り裂けそうで怖いけれど、その分快感は鮮烈で。

——お願い、もっと深くみっちり中を埋めて。それからいっぱい熱いのを注いで……。

「くそ。やりにくい」

身長差がありすぎるからだろう。不意にそう呟くと、雄が抜き出された。へたへたとくずおれた軀が鋼のような腕によって仰向けに横たえられる。昨日と同じく腰布の前をくつろげただけという姿のラージャは、シシィの足に絡みついていた衣類を抜き取って放り捨てると、腰を掴んだ。隆々と猛《たけ》った屹立《きつりつ》に再び熟れた場所が征服される。

「あ……あ……」

シシィは思わず両膝でラージャの腰を締めつけた。

「やめろ、シシィ。動きにくい……シシィ？」

ひく、ひく、と。歓喜した肉が痙攣する。頭を仰け反らせ、恍惚と喘ぐシシィの顔を見下ろし、ラージャが目を細めた。

「もう達したのか？」

——イッて、る……？

めいっぱい張り詰めたピンク色のペニスからはぽたりぽたりと蜜が滴っているだけだ。でも、シシィの中は甘く痺《しび》れ、きゅうきゅうとラージャのモノを締めつけていた。もっとくれと、しゃぶりつこうとするかのように。

返事もできずにいると、ラージャが決まり悪そうに身じろいだ。

「違うということは、具合が悪いのか？　昨夜、無茶をしすぎたか……」

ずちゅりと腰が引かれる。

抜き出されそうな気配に、シシィはとっさにラージャに両手両足で縋りついた。

「や……っ。やめちゃ、やだ……っ」

「シシィ？」

「おねが……っ、やめな、で……気持ちいいこと、もっと、して……」

シシィの細い腰がくんとしゃくり上げるようにして、ラージャ自身をくわえ込み直そうとする。

「あ……」

自分で動いても粘膜が擦れて気持ちいい。気づいてしまった軀が勝手に動きだす。

「あ……あ……」

シシィは爪先に力を込め、上下に腰をくねらせた。こんな卑猥なことをしてはラージャに軽蔑されるばかりだと思うのに止められない。

「あ……気持ち、い……」

「くそ……っ」

片足が担ぎ上げられ、大きく足が割り開かれた。恥ずかしいと思う間もなくラージャの長大なアレがずんっと奥まで叩き込まれ、シシィはわななく。

「ひあ……っ」

がつがつと深く穿たれる。随分と乱暴な動きなのに角度が絶妙だからだろうか、痛みを感じるどころか気が遠くなるくらい悦《よ》くて……。

「も……っとぉ……」

——ねだったりしたら、駄目なのに……ラージャさんにまた嫌われてしまうのに……あ、また、イく、イっちゃ……。

再び後腔が収縮する。シシィは小さく口を開けて、震えた。締めつけられると気持ちいいのかラージャも低く唸り、もはや抵抗する気もないシシィを押さえつけていた手を放す。

――え……？

空いた手が剣の柄を握るのを見て、シシィははっとした。一瞬、自分を斬り殺す気かと思ったのだ。けれど、振り抜かれた剣が切り裂いたのは、ラージャの斜め後ろに迫っていたモノだった。

――魔物……！

ここは迷宮の中である。発情期のオメガのにおいがなくとも魔物に襲われないわけがない。だが、ラージャはシシィを犯すのを止める気はなさそうだった。変わらぬリズムで腰を打ちつけながら、長大な剣を二閃《にせん》、三閃させる。その口元には獰猛な笑みが浮かんでいた。

――――ああ……。

心臓を鷲掴みにされたような気がした。この人は何て強い輝きを放っているんだろう。もっと欲しい。もっともっともっと。この男に犯し抜かれたい。

シシィは肩で弾んでいるラージャの蓬髪《ほうはつ》を摑んだ。引っ張って、屈《かが》ませたラージャの唇に自分の唇を押し当てる。つたないキスの主導権はすぐにラージャに奪われ、肉厚の舌が口の中にねじ込まれた。

「んうっ、んん、ん――――っ」

蹂躙《じゆうりん》される。

小部屋に近づいてくる魔物たちの気配は増え続けていたが、シシィもラージャとの行為を中断する気などない。ラージャの首に回していた手を片方だけ掲げ、力む。

「く……っ」

ついでに締めつけられてしまったラージャが腹筋を波打たせシシィの中に精を放ったのと同時に、

紅蓮《ぐれん》の炎がシシィたちの周囲だけ丸く残して燃え上がった。死にきれない魔物に邪魔されたくなくて火力を上げたせいか、炎は通路にまで抜け、集まりつつあった魔物たちを消し炭にする。荒い息をつきながら頭をもたげ、周囲を見回すラージャの腕にシシィは遠慮がちに触れた。

「もう、いません。来ても、僕が燃やしますから。だからあの、お願い。もっと……」

柘榴色《ざくろいろ》の双眸に見下ろされ、今更ながら羞恥を覚えたシシィは小さく身じろいだ。

何も纏っていない白い下肢はラージャを間に挟みあられもなく開かれている。着たままのシャツの下には小振りのペニスがぴょこんと頭をもたげていた。滲み出た蜜でべたべただが、まだ一度も達していないペニスにラージャが手を伸ばす。

「あ……や……っ」

感じやすい先端をむにむにと悪戯され、シシィは身悶《みもだ》えた。

「やめて……それ、やです……や……」

「……ふ、こんなに中をひくつかせておいて、よく言う」

ラージャがもどかしいぐらいゆっくりと腰を使い始める。

「……ひど……、ラージャ、さん……」

シシィは更に軀をいじられ散々に身悶えさせられた末、下腹を痙攣させ射精した。一部始終を見られながら弄《もてあそ》ばれるのは酷く恥ずかしかったが、放出した瞬間に訪れた喜悦は深く、意識が飛びそうになった。おまけにラージャが目元に滲む涙を吸ってくれた上、唇にもキスしてくれる。

――この人に唇を吸われると、何だかふわふわする……。

ラージャはアルファの本能に従っているだけで、このキスには何の意味もないのに。

そう思ったら心臓が締めつけられるように痛くなってしまい、シシィは唇を嚙みしめた。

その後ようやく再開された激しい抽挿によがり啼きつつ思う。腹の底に注ぎ込まれたこの熱い精が実を結べばいいのにと。そうすればこの行為にも意味が生まれる。こんな虚ろな気分を味わわなくてもよくなる。でも、ラージャはうなじを嚙んではくれなかった。

翌朝、シシィは目覚めてもしばらくの間ぼーっとしていた。

すぐ目の前でラージャが眠っている。シシィと向かいあわせで、片腕を枕にして。

迷宮に入ってからまったく手入れされていない蓬髪が顔にかかっていたのでそっと後ろに払ってやる。

男らしく引かれた眉に高い貴族的な鼻梁。眼光が鋭いため起きている時は圧が凄いが、眠っているとなかなかどうして男前だ。迷宮に入って四日経つので、顎にまばらに無精髭《ぶしょうひげ》が生えてしまっているけれど。眠っていても耳が時々ぴくんぴくんと動くところが可愛い。

指先で艶やかな毛並みに触れてみる。天鵞絨《ビロード》のようだ。ううん、もっと気持ちがいい。こんなこと、ラージャが起きていたらとてもできない。――ラージャとつがいになる人ならきっと触り放題なのだろうけれど。

静かに起き上がり、くるんと円を描き腰の上に乗っていたしっぽにも触れてみる。持ち上げて頰ずりしてみたシシィはうっとりと目を伏せた。

――ふわふわだ。

シシィが気を失うように寝入ってしまった後で、ラージャが昨日のオアシスから取ってきた肋骨を小部屋の入り口に設置してくれたようだった。通路に魔物がいるようだが、近寄ってくる気配はない。纏っている外套の下を確かめてみるとズボンも下着もはいてなかったので、急いで空間魔法で収納していた水と布を取り出して清め、服を着る。

朝食の準備をしているとラージャが起きてきたのでおはようございますと言ってみたら、目を逸らされた。内心おろおろしつつも、シシィはてきぱきとラージャの前に皿を並べる。

朝食の間、二人とも無言だった。昨日以上にぎこちない空気がつらい。

──僕のにおいのせいで昨日もしてしまったって、きっと怒っているんだ。せめて探索でいいところを見せないと……！

シシィは自重するのをやめることにした。小部屋を出てすぐ、高い天井でうぞうぞと蠢《うごめ》く巨大な魔物を見つけ、両手を掲げる。

「ラージャさん。あれは、僕が処理します」

「何をする気だ。おまえの火力では──」

「んっ」

シシィはぎゅっと眉根を寄せて力んだ。ぽんっという小気味よい音と共にこれまでとは比較にならないほど巨大な火球が生まれる。両手で押し出すようにすれば火球はまっすぐ魔物へと飛んでいった。

「よっし！」

昆虫めいた姿の魔物が何匹も火達磨《ひだるま》になって落ちてくる。棘《とげ》だらけの足をばたつかせているが、さほど待つことなく息絶えそうだ。静かになるのを待っていると、ラージャがぼそりと言った。

「……シシィ。昨夜から魔法の火力が上がっているようだが」

——あ、そっか！

シシィは慌てて釈明する。

「あのっ、隠していたわけじゃないんです。味方を傷つけたら取り返しがつかないことになるから火力は常に必要最低限に絞って使うようにっておじいちゃんに言われてて。火力を絞るのってうんと力加減が難しくて神経を使うんですけど」

「……今のがおまえの加減なしか？」

「いえ。全力だと、今のの三倍くらいいけます……けど……あの、ごめんなさい……」

にこりともしないラージャに遙か高みから見下ろされ、声が徐々に小さくなる。恐る恐る顔色を窺うと、ラージャが淡々と言い放った。

「シシィ。もう俺は指示を出さん。何をするか自分で決めて好きに戦え」

「え……っ？」

シシィは真っ青になった。見放されたと思ったのだ。

「あのあのでも、僕はまだ経験が足りません。とんでもないミスを犯してしまうかもしれないですし」

「できるはずだ。おまえはもう俺の戦い方を知っている」

「でもそんな、急に！」

「それにいつまでも俺の指示なしには戦えないようでは今後に差し障る」

今後に差し障るってどういうこと？　地上に戻ったらパーティーを解散するから、だから、ラージャなしでも戦えるようになれっていうこと？

できないと言い張りたかったが、それはそれで自分は無能だと主張するようなものだ。シシィはぐっと腹に力を込め、不安を呑み込んだ。駄々《だだ》を捏《こ》ねてはいけない。粛々《しゆくしゆく》と現実を受け入れないと。

動かなくなった魔物たちを涙目で収納したシシィをラージャは容赦なく追い立てる。

「行くぞ」

その後の戦闘をシシィは薄氷を踏むような思いでこなした。魔物と遭遇したら、ラージャを風の魔法で支援するか、直接火球で攻撃するか、はたまたナイフを使うか瞬時に判断を下す。でも、無言で魔物へと襲い掛かるラージャは素早すぎて動きが読みにくい。

シシィはばさりと重い音を立て外套が翻るたびにちらりと覗くしっぽを必死で目で追った。しっぽを見ていれば先の動きが幾分読みやすくなることに気がついたからだ。

――とにかく絶対ラージャさんに攻撃を当てないようにしないと……！

何とか大きなミスをすることなく一日の探索を終え食事を済ませると、外套にくるまって丸くなる。

探索者といえば、稼ぎがよくて華やかな印象があるが、何日も何週間も魔物に脅かされつつ地の底で過ごさねばならないし、普通は食事といえば味気ない携帯食のみで、ふかふかのベッドで眠ることもできない。酷く疲れているのに神経が昂ぶってしまって眠れずにいると、少し離れた場所で横になったはずのラージャがむくりと起き上がった。

――あ……。

息を潜めてじっとしていると、大型の肉食獣のような男が無言でのしかかってくる。

――僕、まだにおいを発しているのかな。

シシィ自身の欲望は最初の満月の夜がピークだったらしく、もう息苦しいほどの飢餓感はない。拒否することもできたけれど、ラージャがこんなになってしまっているのはシシィのせいだ。それにここは迷宮の中。逃げ場はない。

——こんなことされ続けてたら病んでもおかしくないのに……何で僕、平気なんだろ。

オメガとは世の人が言うように淫乱なんだろうか。ラージャに触れられるとドキドキする。いやらしく軀をまさぐられれば奥が潤み、怖いぐらい大きな雄に押し入られれば身も心も蕩けてしまって。

「あ、ん……っ」

——ラージャさんは……この状況をどう思ってるんだろ……。

ラージャは何も言わない。

最初のうちは必要最小限服を乱され突っ込まれるだけだった。でも、ラージャは段々とあちこち触るようになり、シシィが感じているのに気がつくとそこばかり執拗《しつよう》に愛撫するようになった。そして、二週間が経った頃には。

「や……っ」

シャツの前をたくし上げたラージャに乳首へ吸いつかれ、シシィは手の甲を口元に押しつけた。小さな尖りが舌で転がされる。そうされると女の子でもないのに愛液が溢れてしまうのが恥ずかしい。

——何でこんなこと、するんだろ。僕の胸を吸ったところで別にラージャさんが気持ちよくなれるわけじゃないのに。

犬歯の先で甘噛みされたまらず声を上げると、ベルトが緩められ下着の中に手が入ってくる。

熱く濡れた沼に指を挿し入れられる瞬間はいつも緊張した。こんなに濡らしてあさましいオメガだと罵《ののし》られるのではないかと思ったのだ。でも、ラージャがシシィをその手の言葉で嬲ることはなかった。ただ黙ってもっとも感じる凝《こ》りをいじくり回すだけ。

「ひ、あ……っ、や、やだ、あ、あ、だめぇ……っ」

もちろん、敏感な部位をそんな風に嬲られたら黙ってなんかいられるわけがない。シシィは身悶え、啼き、時には指だけで達してしまう。恥ずかしさのあまり死にそうになったシシィを見ると、ラージャはようやく少しだけ口角を持ち上げ、濡れそぼった場所に熱く滾った雄をねじ込んだ。

「あ、ひ……っ」

いい。

どんなにいたぶられてもこの瞬間、シシィの軀は歓喜しラージャを受け入れた。激しく揺さぶられれば魔物を呼び寄せてしまうかもと思いつつも声を止められなくて、疲れているはずなのに何度も何度も達してしまう。

延々と続く爛《ただ》れた日々。

だが、何にでも終わりは訪れる。

ガルー迷宮に足を踏み入れてからちょうど一ヶ月後、二人は迷宮の最深部に達した。

最後の部屋へと繋がる階段は異様な雰囲気だった。青黒い壁に血管のような筋が幾本も走り、どくんどくんと脈打っている。壁だけではない。石でできているように見える階段もしゃがんで手で触れてみれば同じリズムで揺れていた。長い階段を下りてゆくにつれ湿気が膚に纏わりつき、腥いにおいが濃さを増す。

下りきった先の部屋には巨大な水晶がそそり立ち、壁の拍動に合わせ光を放っていた。肉のようにやわらかな地面の感触にシシィは怖気《おじけ》づいてしまったけれど、ラージャは慣れた様子で水晶へと歩み寄り、獣人ならではの怪力を発揮して引き抜いた。

地面が揺れ拍動が乱れる。だが、すぐに静かになった。耳が痛いほどの静寂にシシィは思う。自分たちは『攻略』という名目で一体何を殺したのだろうかと。

「これが迷宮石……」

「ああ。もうこの迷宮は成長しない。しばらくは魔物が湧き続けるが何年かすると枯れ、崩壊する」

結晶を魔法具にしまい帰途につく。往路で多く狩ったおかげでまだ魔物が少なく、楽に進める。

地上に戻ると、待ち構えていた守護機関の担当に魔法具の石版が回収された。巨大な天幕へと案内され、迷宮内にいた間に狩った膨大な量の魔物を屠った順に出すよう言われる。

半年ほど後、この迷宮はランカー以外の探索者たちにも解放される。だが、彼らの実力は玉石混淆《ぎょくせきこんこう》だ。生存率を上げるために守護機関はこれからこの魔物の死骸を検分し、石版に記録された情報と合わせて出現場所マップや攻略法を公開する。

シシィたち以外のパーティーは半数近くがリタイアし、十人ほど死者も出たという。『比類なきいさおし』も二人を失い、既にガルーを去っていた。たった二人で新迷宮を攻略してのけた自分たちは幸運だったのだ。

魔物の買い取り代金に依頼達成報酬を合わせると目眩を覚えるほどの額に上ったが、ラージャはこれもまたシシィと公平に二分割してくれた。

アブーワに戻る前にガルーで一泊したけれど、ラージャは指一本シシィに触れようとはしなかった。

◆　◆　◆

　定宿に戻り昇降機で宿泊フロアに降りると、老人と少年がラージャの部屋の前で待っていた。胸に手をあて、そっくり同じ動作で礼をする。二人ともラージャの生まれた家の使用人で、少年はカビーア、老人はプラディープ老と呼ばれている。少年は老人の孫だ。

「おかえりなさいませ、ぼっちゃま」

　険しかったラージャの表情が緩む。

「じいか。いつからここで待っていた」

「ぼっちゃまの乗った馬車がアブーワに入った十分後からでしょうか」

「抜け目のないことだ」

　旅の疲れなど露ほども見せずつかつかと進むと、ラージャは扉の中央に描かれた魔法陣に手を押し当てた。宿泊客が戻ってきたことを認識し、扉が解錠される。

「入れ。それから次はもっと遅く来い。年寄りを立って待たせるのは心苦しい」

　大きく扉を開き、部屋の中へと入ってゆくラージャに、二人もつき従う。後から入ったカビーアが足を止め、静かに扉を閉めた。

「これくらい何てことはありません。それに、一番にぼっちゃまにお祝いを言いたかったのですよ。ガルー迷宮攻略、おめでとうございます」

　歩きながら外套を受け取った老人が顔を皺だらけにして微笑む。カビーアも弾んだ声を添えた。

「おめでとうございます！　ルドラさまも大変喜ばれておいででした」

「そうか」

続いて渡された剣をプラディープ老が両手で押し頂く。カビーアは先にバスルームへと向かった。

「今回はどれくらいお屋敷にいられるんですか？」

「パーティーメンバーには一ヶ月の間好きにしろと言っておいた」

「シシィさま、でしたか。新人と二人で新迷宮攻略を成功させるとは、さすがでございます」

既にプラディープ老はパーティーを解散したことを知っていたらしい。シシィの名を耳にしたラージャは顔を顰めた。腕まくりをしたカビーアがバスルームからひょいと顔を出す。

「湯浴みの準備が整いました。ヴィハーンさま、どうぞ」

「うむ」

「その前に、洗い物を出していただけますかな？」

プラディープ老に催促され、ラージャは魔法具を操作した。迷宮に潜っている間の着替えに、汚れたままの食器や傷んだ防具など、膨大な量の汚れ物と一緒にむわっと男臭いにおいが広がる。

「では、いつものように武具の類いはメンテナンスに——おや」

プラディープ老が着替えの一枚を取り、すんとにおいを嗅いだ。

「これは、発情期のオメガのにおいでは？」

ラージャは小さな溜め息を漏らした。

「ああ」

「オメガ！　どなたかとつがいになられたのですか!?」

カビーアのキラキラ輝く瞳からラージャは目を背ける。

「いや」

「――では、においが移るほど発情期のオメガに近づいたのに、己を抑えてのけたのですか⁉　さすが、ヴィハーンさまです！」

この少年は高潔な己の主が発情期のにおいに酔わされオメガを襲うことなどありえないと信じているらしい。そこはかとなく気まずそうなラージャに助け船を出したのはプラディープ老だった。

「カビーア、飲み物を用意してきなさい。よく冷やしたリラ茶がよい」

「はい」

孫の姿が消えるとプラディープ老はバスルームへ入り、美しい幾何学模様を描くタイルの上に立ったラージャの靴紐を解き始めた。

「じいの助力が必要なようですな、ぼっちゃま」

「む」

「シシィさまに手をつけられたのですか？」

「……己を抑えられなかった」

プラディープ老は穏やかに微笑む。

「アルファならば仕方のないことです。とはいえ、後悔しておられるのなら償わねば。相手はパーティーの仲間なのでしょう？」

ラージャは首に巻いてあった砂よけの布を乱暴に毟《むし》り取った。

「償い……か。そうだな。確かにあれには随分と酷いことをしたし、言った」

ラージャにシシィを責める資格などない。嘘つきだ何だと言っておきながら、ラージャはシシィを味わうのを愉しんでいた。頭の隅ではこんなことをしてはいけないとわかっていたのに、止められなかったのだ。あの時、もし邪魔する者がいたならラージャは何をしたかわからない。

「だが、仲間ではない。パーティーは解散する。オメガであることを隠して迷宮に潜るような者に命は預けられない」

「それだけぼっちゃまに執心だったということでしょう？　可愛いではありませんか」

「可愛い？　ああいうのは腹黒いと言うのだ」

紐が充分緩んだブーツを、プラディープ老が丁寧にラージャの足から抜く。

「うなじを噛みたいという衝動には、駆られませんでしたかな？」

ラージャは無造作に服を脱ぎ捨てた。

「まさか、じいはあれが『運命のつがい』ではないかと疑っているのか？　ありえん。そもそも運命のつがいなど実在するわけがない」

「滅多に出会える者がいないからそう思われているだけ、とも言われておりますぞ」

生まれた時からアルファにはオメガの、オメガにはアルファの、運命で結びつけられた唯一の相手が存在する、というお伽噺《とぎばなし》がある。その相手に会えばどうしようもなく惹きつけられ、一目でそうだとわかるのだそうだ。うなじを噛みたくてたまらなくなるというのもそのお伽噺の一環だった。

「もしじいの言う通り存在するとしても、あれは違う。……うなじを噛みたいとは思わなかった」

外したベルトを渡されたプラディープ老が背を向けると、ラージャは下着まで脱ぎ去ってバスタブに身を沈めた。カビーアが落としていった香油で湯は乳白色に染まっている。

――そうだ。シシィは贅沢な暮らしを得るため自分を罠に掛けただけ。運命など関係ない。

そもそも運命の相手とやらが存在するならば、なぜオメガはアルファならば誰彼かまわず誘惑するようなにおいを発するのだろう。やはり運命のつがいなど夢物語としか思えない。

「そうがっかりなされるな」

「がっかりなどしていない」

野放図に伸びた髪を後ろへと跳ね上げたところでカビーアが戻ってきた。

「ヴィハーンさま、リラ茶です。少しだけ花の蜜を垂らしましたから、凄くいいにおいがしますよ」

捧げ持った丸い盆の上には、透明なガラスに金の蔦が絡みついた瀟洒《しょうしゃ》なグラスが載っていた。中で揺らめく金色の液体が芳醇《ほうじゅん》な香りを放っている。

ラージャがグラスを受け取ると、カビーアは次の仕事に取り掛かった。

「それでは、髭をあたらせていただきますね」

顎をまばらに覆っていた無精髭が剃《そ》り落とされる。碌《ろく》に手入れもされずに縺《もつ》れていた髪も綺麗に洗われくしけずられた。伸びすぎた部分には鋏《はさみ》も入れられる。湯浴みを終えると耳としっぽに丁寧にブラシが掛けられた。髪が数筋細く編まれ、守り石が留められる。すべて終わって鏡の前に立ったラージャは耳をぴくりと揺らした。

「――何だこれは。一体何をした」

鏡の向こうにいるのは粗野な探索者ではなく、非の打ち所のない高位貴族だった。それも野生の獣のような活力を全身に漲らせた。

見上げるような長軀と肩を覆う量の多い黒髪が印象的だ。軀に合わせて仕立てられた服が鍛え抜か

れた体躯を強調している。不思議なのは、迷宮暮らしで荒れていたはずの膚がなめらかになっていたことだった。髪も黒檀《こくたん》のような艶を放っている。

「迷宮産の霊薬ですよ。薄めて塗ると嘘みたいに膚が綺麗になるって聞いたので試してみました。髪も同じです。凄いですよね。十歳は若返りました！」

「若返ったのではなく、年相応に見えるようになったのだよ、カビーア。ぼっちゃまが迷宮から帰還されるたびにお母上が、折角美丈夫に産んだ息子がどんどんみすぼらしくなってゆくと嘆いていらっしゃいましたが、これでもう哀しませずに済みますな」

「――やりすぎだ」

しっぽから力が抜ける。美容など女が気にすればいいものだ。自分のような男がこうもつるつるした膚をしていては逆に変だと思うのに。

「ああ、そろそろここを出ませんと。夕食までにはぼっちゃまを連れ帰ると、ルドラぼっちゃまに約束していたんでした」

プラディープ老が目を遣った空は赤くなり始めていた。アブーワへの帰還を知っているなら、家族は皆、夕食を食べずに待っているに違いない。ラージャはプラディープ老とカビーアを従え部屋を出た。魔法陣を用いて改めて錠を下ろし、昇降機で地上へと降りる。ブーツを鳴らし宿のロビーを突っ切ると、いつもとはまるで違う装いにたむろしていた探索者たちの視線が集まった。

馬車に乗り込み、アブーワでも一際大きな屋敷の門を潜る。馬車に乗っていたのはほんの五分、歩いても大して変わらない道のりだ。わざわざ宿を取る必要などないのではとよく言われるが、ラージャにとってこれは必要な儀式のようなものだった。

「おかえりなさいませ、ぼっちゃま」

「おかえりなさいませ」

使用人たちの挨拶に軽く顎を引いて応えるラージャには、迷宮にいる時とは違う気品がある。

この屋敷に戻ってきた時のラージャの名はヴィハーン。アブーワを支配する公爵家の跡取りだ。

階段を上り廊下の奥にある一室へと足を踏み入れたラージャは、僅かに眉をひそめた。

精緻《せいち》な装飾を施された大きな執務机が据えられた部屋には人の気配がなかった。卓上には種々の書類が山積みになっており、随分と長い間公務が滞っているのが窺える。

「よく帰ってきてくださいました、兄上」

奥の入り口が開き、ラージャと同じ黒髪を下品でない程度に短く整えた獣人が大仰に両手を広げ近づいてきた。弟のルドラだ。だが、悠長に挨拶を交わしている場合ではない。ラージャは性急に質問を投げ掛ける。

「父上はどこにおられる？」

「母上と、王都に。おかげで色々と公務が滞ってしまって、困っていたんです。新迷宮の攻略が早期に終わって本当によかった！」

ラージャの両親でもある公爵夫妻は社交好きで美食を好む。仕事を丸投げできる息子が帰ってくると聞くや、遊びに行ってしまったらしい。

「私の帰りなど待たず、おまえが対処すればよかったろう」

「跡取りである兄上を差し置いて、そんな差し出がましい真似はできません」

「跡取りの地位などおまえにやる。そもそも私には向いていない」

公爵家の長男として生まれたが、幼少時からラージャの夢は探索者になってアブーワ迷宮を攻略することだった。華やかな夜会や領土拡張ゲームへの興味は皆無、これまでの人生はすべて迷宮攻略のため、ひたすら己を研鑽《けんさん》することへ費やしてきたと言っても過言ではない。

「あっは、ご冗談を！　僕には兄上のように誰であれ一睨みで従えられるだけの威厳も、不正を見抜く野生の勘もないんですよ？　大体、僕なんかが公爵になったら、すぐ刺客《しかく》に消されてしまいます」

ラージャは顔を顰める。確かにこれまでそういう局面がなくもなかったが、弟ならば公爵という役目をうまく務め上げられるような気がするのに。

「後で改めてご説明しますが、この山が、早急な決済が必要な書類です。水路の補修に港の整備の再検討事項、それから孤児院の増設について――」

つかつかと執務机へと歩み寄ったルドラが一摑みの書類を取り、タイトルを読み上げながらぽんぽんとラージャへと手渡してくる。確かにどれも後回しにできるような案件ではない。

「待て、孤児院の増設？」

ぱらりと一束の書類の表紙をめくり、ラージャはいくつかの数字に目を留めた。

「なぜいきなり頭数が倍になっている。災害でもあったのか？」

「さすが兄上。その通りです。ただし、我が領内ではなく北のイシ領から流れてきたのですが」

「――イシ領か」

砂漠だらけで特に産業もない土地だ。領主はいるが、その支配力は弱い。

「どうやら孤児を集めて世話をしている篤志家《とくしか》がいたらしいんです。でも、半年ほど前の水害で死んで、食うに困った子どもたちがアブーワに出てきた。少し前から噂にはなっていたんですよ。働くから食べるものを分けてくれないかと商店や農家に幼い子どもが数人ずつ連れだってやってくるって。で、とうとう守護機関の事務所にもやってきて、詳しく話を聞いたジュールがハンカチ片手に何とかしてやってくれと直訴しにきたんです」

「ジュールが泣いていた？」

「ええ。なかなか珍しいものを見られましたよ。荷物運びでも魔物の腑分けでも何でもします、その代わり食べ物をください、弟たちに腹いっぱい食べさせたいんですって言われたけれど、その子がそもそもこんなに小さかったとか」

ルドラが自分の足のつけ根の辺りに掌を水平に浮かせる。確かにそんなに小さな子がもっと小さな子を気遣うところなど、見ていられない。そういうのは大人がすべきことである。

「確かにこれは急ぎだな。今の施設を増設したら時間がかかる。至急適当な建物を探させろ」

「もうアブーワの外れの農場に住まわせています。僕の持ち出しで。名称は『豊穣の家』にしました」

ラージャがぴくりと眉を上げる。

「よくやった……と言いたいところだが、おまえにしては気が利きすぎるな」

「実はお願いがあるんです。どうしても断れない筋からの依頼を受けてしまって。帰ってきた兄上の寝所に入れるよう、手引きしろという」

「――――何？」

ラージャの背後でしっぽが不穏にくねった。ルドラが脅えたように後退る。

「いいじゃないですか。とびきりの美女と同衾《どうきん》できるんですよ？」

「ふざけるな。大体おまえは――」

「ゔぃはーんおじしゃまっ！」

詰め寄ろうとしたちょうどその時、扉が開いた。小さな令嬢がまっすぐラージャへと駆け寄り、ぼふんと足に抱きつく。

「チャリタか。しばらく見ないうちに随分と大きくなったな」

「おかえりなさい、ゔぃはーんおじしゃま。あたらしいめいきゅうをとーはしたっておききしました。おめでとう、ございますっ」

腋《わき》の下に手を差し入れて抱き上げると、首に縋りつき頬を擦り寄せてきたこの令嬢は齢《よわい》四歳、ルドラの娘だ。ラージャはポケットから小さな石を取り出した。

「ありがとう。そら、土産だ。パパに頼んで首飾りにしてもらえ」

「わあ、ほーせきっ。ありがとう」

きらきら光る石は綺麗だが宝石ではない。ある魔物から採れたもので、呪いを寄せつけない力を持つ。昨今の貴族社会では宝石よりも貴重で高価な品だ。

「なくすといけない。パパが預かっておこう。後でママとどういうデザインにするか相談するといい」

「んっ。ね、ぱぱ、おじしゃまにもうおねがいしてくれた？」

「お願い？　何だ？」

腰まで伸びた髪を綺麗に巻いた小さな令嬢ははにかんでラージャの胸元に顔を伏せた。ルドラが代わりに答える。

「さっきの話ですよ。寝物語に迷宮の話をして欲しいらしい」

「美女というのはチャリタのことか。わかった。寝る支度が整ったら、私の部屋に来るといい」

「おじしゃま、だいすき！」

ちゅっと可愛いキスを頬にされ、ラージャも不器用にキスし返す。

「ついでに報告しておきますと、明日はお茶会、明後日は夜会に出席していただきます。その他にも来客の予定がございますので、できるだけ早く書類に目を通しておいてください」

「……ルドラ」

姪の前で声を荒げられないのをいいことに、ルドラが素早く予定を発表する。しっぽの毛を逆立てたラージャに、ルドラは片目を瞑って見せた。

「そんなに睨まないでください。仕方ないでしょう？　兄上は金も地位も名誉も兼ね備えた最高のアルファなんですから。女性たちもオメガたちもその親も、鵜の目鷹の目で兄上を狙っているんです。折角です。領地のためにその立場をめいっぱい活用してください。兄上が微笑めば交易権だろうが新事業への出資だろうがきっと思いのままですよ！」

「気持ちの悪いことを言うな。大体、俺には婚約者がいる。不誠実な行いをするつもりはない」

シシィへの怒りがまた勢いを増す。親の決めた相手で何の愛情もないとはいえ、シシィのせいでラージャは婚約者を裏切ることになってしまったのだ。

「ああ、もう十年以上も会っておらず、生きているか死んでいるかもわからない婚約者ですか。――そうそう、ラーヒズヤ卿の行方は不明のまま、新しい情報はありません。引き続き足取りを追うよう依頼していますが、そろそろ諦めてもいいんじゃないでしょうか」

ラージャは黙って目を逸らした。

その夜は久々に一族の者と食事を共にして、姪とベッドに入った。たくさんお話ししてもらうんだと意気込んでいた割にすぐに寝てしまった姪の髪を撫でてやりながら、ラージャはぼんやりともしこのままラーヒズヤ卿が、そしてその娘である自分の婚約者が見つからなかったらと考える。

婚約したのは物心ついてすぐ、まだ自分がアルファであることも知らない頃だった。誰彼かまわず迷宮の話をせがむ息子のために、父公爵が、迷宮が発見された当初から活躍して数々の成果をもたらし、騎士にまで叙された探索者、ラーヒズヤ卿を屋敷に招いてくれたのだ。一線から引退してまだ数年しか経っていないのに既に伝説の探索者扱いされていたラーヒズヤ卿は、ラージャの憧れだった。自分のために訥々《とつとつ》と迷宮について語ってくれるがっしりとした体格の老人の姿を思い出すと、いまだに晴れがましいような気持ちになる。

ラーヒズヤ卿に比べ婚約者である娘についての記憶は薄い。会ってすぐ何かして泣かせてしまったからだ。短時間の対面は、普段は寛容な父公爵の叱責と罰として暗い地下蔵に閉じ込められるという強烈な体験のせいで霞み、なぜ婚約したのかすら思い出せない。父公爵に聞いてみたら覚えていないのかと驚かれた上、にやにやと実に楽しそうに笑われただけで教えてはもらえなかった。

当時、ラーヒズヤ卿は、人知れず育ちつつある迷宮がないか調査するため、世界中を旅していた。彼女が成人し、結婚できる年齢になったら再びこの屋敷を訪れ、婚儀の支度をする約束になっていたが、その時が訪れても彼女はアブーワに現れなかった。ラーヒズヤ卿の消息も途絶えたままだ。恐らくは旅の途中で人知れず死んでしまったのだろう。

いつかは死んでしまった女のことなど思い切り、つがいを定めねばならない。だが、誰を選ぶかが問題だった。つがいにしたいと思う相手などラージャにはいない。

だがその時、ふっと小動物のような人間の面影が脳裏に浮かんだ。

――もしあれが、あんな馬鹿げたことをしなければ――。

あの夜までは、ラージャはシシィをとても好ましく思っていた。特にガルー迷宮に入ってからの成長ぶりには魅せられていたと言ってもいい。

シシィはどの魔物がどういう性質を持ち、どういう攻撃が一番効くか、一度教えたら忘れなかった。指示を下すのをやめても困るどころか、まだラージャも把握していなかった多彩な魔法を使い分け的確に対処してくれる。

シシィは気づいていないようだったが、ラージャたちの探索ペースは恐ろしく早かった。だからあれだけ余計な時間を費やしていながら一番に迷宮を踏破できたのだ。オメガだと隠さず正直に言ってくれさえすれば、共にアブーワ迷宮踏破を目指せたかもしれない。

――いや、パーティーメンバーとして優秀だからといってつがいにと考えるのは馬鹿げている。つがいさえ決まれば、発情期のにおいはラージャに影響を及ぼさなくなる。パーティーメンバーでい続けて欲しいなら、誰でもいい、アルファにうなじを噛ませればいい。

そう思った瞬間、ざわりと全身の毛が逆立った。

――何だ、これは。

わけのわからない衝動に、ラージャは戸惑う。

◇　◇　◇

地上に戻ってきた翌日。シシィは表面上は意気揚々とガリの店を訪れた。

「こんにちは」

ドワーフの店主はシシィを覚えていたらしい。髭の手入れをしながらにやりと笑う。

「んん？　あんたはラージャのとこの新人だな？　今日はどうした」

「武器が欲しいんです。予備がないと心許ないから、これと同じのを作って欲しいんですけど……」

まず、くの字の形に曲がったナイフを鞘ごとカウンターの上に置くと、ドワーフはわきわきと指を動かしながら手を伸ばした。すらりと抜き放つなり目の色が変わる。

「こいつは……竜骨製か！　見事な品だ。どこで手に入れた」

「昔探索者だったおじいちゃんが誕生日にくれたんです。今じゃ形見になってしまいましたけど」

「ほほう。いや、いい品を見せてもらった。よく手入れされていて状態も悪くないが、もし次の探索まで余裕があるなら少しメンテナンスした方がいい。どうする？」

予定にない出費ではあるが、大切な品である。

「お願いします」

「よし、鞘ごと預かろう。で、予備の方は何で作る？　言っとくが竜骨の在庫はねえぞ」

「これでお願いします」

シシィはあらかじめ背負い袋に詰めておいた青みを帯びた金属のようなものを取り出した。ガルー迷宮の深層で倒した甲虫のような魔物の足だ。ラージャが言うには、鋼のように鍛えれば非常に粘りがあり耐久性の高い武器になるらしい。

「おお、悪かねえな」

「それから弓もお願いしたいんです。魔法の効かない魔物に遠距離攻撃する手段がないのは危険だから。糸はこれを使ってください」

蜘蛛《くも》のような魔物から採れた糸をカウンターに載せると、これは大して珍しくない品だったらしい。

無造作に脇に退けられた。

「わかった。まず、メンテナンス代がこれくらいになる」

台帳のようなものにさらさらと書かれた代金を見たシシィの息が一瞬止まる。

「た……かいん、です、ね……」

「このナイフは迷宮産の素材を使った特別製だ。メンテナンスするんだって特別な知識と道具がいる。まぁ、そう傷んでいるわけじゃねえから、こいつぁ次に回してもかまわねえ」

急に喉の渇《かわ》きを覚え、シシィは唾を飲み込んだ。高いが、命を預ける品だ。

「いえ、お願いします。おじいちゃんの形見ですし、常に最高の状態にしておきたいですし」

「いい心掛けだ。で、ナイフの予備の代金がこれだ。柄や鞘といった他の部分の素材代も含んでいる」

「うう……」

更に桁の違う金額が出てきたが、ここで引くわけにはいかない。頷くと、次にドワーフは三つ数字を書いた。

「最後に弓だ。どういった素材を使うかによって値段が違ってくるのはわかるな？　一番安いのでも使い勝手は悪くねえ。その辺の駆け出しが使ってるものの倍はいい。だが、高いやつを試したらまず安いのに手を出す気にはならねえだろうな。しなりも手への馴染み方もまるで違いやがる」

「試してみたらって、試せるんですか……？」

「おう。こっちへ来てみな」

店の裏手にある小さな庭で三種類の弓を引かせてもらったシシィは一番高い弓を注文した。新迷宮を攻略して凄まじい大金を稼いだ気でいたが、ガリの店だけで半分以上なくなってしまったことに愕《がく》然《ぜん》とする。身の丈に合わないことをしたせいだろうか、気分まで悪くなってきてしまった。

「ちょっと……休憩しよ……」

少し考え、シシィはフィンリーの店に向かった。既に昼時は過ぎ、客足の引いた頃合いだ。

ふらふらしながらも辿り着くと、獣人の少女が可愛らしい笑顔で迎えてくれる。

「いらっしゃ……シシィさん!?　顔色悪くありませんか!?」

「こんにちは、アーシャちゃん。ごめんね、お水貰える？」

アブーワに来た当初働かせてもらったこともあってシシィはこの店にちょくちょく顔を出していた。発情期を終えて戻ってきたアーシャとも顔馴染みだ。小さな声で注文すると、アーシャは長いしっぽをしならせ厨房へと走った。赤毛の先がしっぽを真似るように肩口で跳ねる。何十本も編み込まれた赤毛の先には小さな銀の鈴が結びつけられており、しゃらしゃら賑やかだ。

入れ替わるように席へとやってきたフィンリーは心配そうな顔をしていた。

「聞いたぜ、ガルー迷宮を攻略したんだってな。帰ってきたらお祝いしてやろうと思っていたのに、どうした。疲れが出ちまったのか？」

「そうかも……。あと、すっごい大金使ったから頭に血が上っちゃって……」

「凄い大金？」

「素材持ち込みで武器を作ってもらおうとしたんだけど、――するって……」

店内にはまだちらほらとではあるが客がいる。声を潜めて囁くと、フィンリーは唸った。

「いい素材を使った武器を腕のいい職人に頼んだんだろ。新人のくせに思い切ったことをする」

ぼられたわけではないらしい。しかし、衝撃である。

「探索者って武器にこんなにお金使うものなんですか？　そんなに皆稼げてるの……？」

「いや、普通はそこまで高い武器は買わねえよ。上層をうろうろしている新人なんて、下手すりゃその辺にある木の棒で戦ってるぞ」

「えええ……」

シシィに木の棒で戦うなんて真似はできない。更に迷宮の深みを目指すつもりなら仕方がないとはいえ、今後のことを考えると頭が痛い。

「シシィさん、はいお水」

厨房に引っ込んでいたアーシャが水のコップを運んでくる。盆には他の客の注文だろう、卵を用いた菓子を盛りつけた皿も載っていた。コップを渡される拍子に卵のにおいがふわりと鼻を掠《かす》める。そうしたらいきなり吐き気が込み上げてきて、シシィは喉を鳴らし背中を丸めた。

「シシィさん!?」

いきなり口元を押さええづいたシシィに、アーシャが悲鳴を上げる。フィンリーも蒼褪《あおざ》めた。

「こりゃあ本気で具合悪そうだな。すぐ近くに診療所がある。連れてってやるから診《み》てもらえ。この辺には質《たち》の悪い風土病もあるんだ」

お金がもったいないが、そんな病気に罹《かか》っていたら困る。胃のひくつきが収まると、シシィはフィンリーに数軒先の診療所まで連れていってもらった。フィンリーはそのまま診療が終わるのを待とうとしたがさすがに申し訳なくて、終わったら必ず報告に行くからと説得して店に返す。

医師はシシィの腹に手を置き、魔力を通すなり言った。

「おめでとうございます。妊娠一ヶ月です」

「――――はい？」

シシィはたっぷり十数えてからようやく勿忘草色の目を瞬かせ、確認した。

「すみません。もう一度言ってもらえますか？」

返ってきた答えは同じだった。

「赤ちゃんがいるんですよ。あなたのお腹の中に。あなた、オメガなのでしょう？」

簡素なベッドの端に座っていたシシィは愕然とし、膝の上に置いた手を強く握り込んだ。

ラージャの子だ。どうしよう。ラージャの子を孕《はら》んでしまった。――でも。

「あの、でも、僕、誰にもうなじを噛まれたことなんてない、と思うんですけど」

「まあ、そうなの？　たまにいるのよね、眠っている間にそういうことをする照れ屋のアルファが」

「あの人が照れ屋……？」

ラージャが本当は自分のことを憎からず思っていた？　でも言えなくて、こっそりうなじを噛んだ――？

シシィはぶんぶんと首を振った。

「ありえません。あんなに怒っていたんですから」

それに噛まれたらそれなりに痛いはずだ。気がつかないわけがない。

「もしかして、望まない妊娠だったのかしら」

オメガは発情期に発するにおいのせいでベータやアルファに偏見を持たれている。アルファの子を得るために無理矢理つがわされたり、どうせ人を堕落させる淫婦なのだからと乱暴されたりすることも多い。シシィもそういう被害者の一人だと思ったのだろう。心配そうな眼差しを向けられ、シシィは両手を腹の上に当てた。

確かにラージャは望んでいないだろう。シシィもこんな事態、想像だにしていなかった。

では、どうする？　堕胎するのか？　この子を。

ざわりとうなじの辺りの毛が逆立った。

そんなこと、できるわけない。

首を振ると、医師の表情が緩む。

「そう。よかった」

――よかったの、だろうか。

いくつか注意事項を伝えられ、また来るように言われて診療所を出る。酔っ払っているような足取りで戻ったフィンリーの店には誰もいなかった。二人とも厨房にいる気配があったが、シシィは声を掛けるのを躊躇う。

何をどう話したらいいんだろう。赤ちゃんができました？　きっとフィンリーもアーシャもびっくりする……。

「ふ……」

急に心細さが募り涙が零れそうになった。

ラージャには言えない。言ったところで激怒される気しかしない。でも、日々を過ごすので精いっぱいの自分に、子供の面倒まで見られるだろうか。

「あ？　シシィ、戻ってきていたのか。どうした、暗い顔をして」

誰もいないと思っていたのだろう。紙巻き煙草を吸いながら厨房から出てきたフィンリーが、シシィがいるのに気づきびくっとする。じいっと顔を見上げると、暗い表情がフィンリーに伝染した。

「シシィ？　悪い病気でも見つかったのか？」

「フィンリーさん。僕、自分のことをずっとベータだと思っていたんですけど、オメガだったみたい」

フィンリーが煙草の煙に噎せた。

「何だって⁉」

「オメガなのにこの歳まで発情期が来なかったなんて変ですけど――あっ、変だからうなじを噛まれてもいないのに妊娠しちゃったのかな」

「こっ、子ども⁉」

まだ長かった煙草を消すと、フィンリーは乱暴に椅子を引きシシィの向かいに腰を下ろした。

「えっ、どうするんだ。相手のアルファ……アルファ、なんだよな？　……は、面倒見てくれそうなのか？　発情期に襲われる心配がなくなるとはいえ、腹が膨らんできたら稼げなくなっちまうぞ」

「そっか、お金……」

シシィは片手を腹に回した。ここに赤ちゃんがいる実感なんて、まだ欠片もない。

「おまえ、親には……って、あー、おまえにゃ親がいないんだっけか」

シシィははっとした。

もしかして、シシィを捨てたお母さんとお父さんもこんな気持ちだったのだろうか。どうしたらいいのかわからなくて、だからシシィを──。

これまでの人生が走馬灯のように脳裏に蘇る

そっか、この子は僕。捨てられる前のシシィだ。

フィンリーが言いにくそうに切り出す。

「あー、その、もしかして腹の子の父親は、ラージャ、か……？」

「違います」

シシィは急いで答えた。認めたらフィンリーはきっとラージャに言うと思ったのだ。

「違うわけないだろ。前回の満月の時、おまえはあいつと迷宮の攻略をしていたはずだ。こういうことはちゃんと言った方がいい。あいつなら、ガキの一人や二人、軽く面倒見られるんだし──」

かあっと頭に血が上る。

軽く？　シシィはそんな程度の気持ちでこの子の父親になって欲しくなかった。

「違うったら違います！　そんなこと、誰にも言わないでくださいね。変な噂流れたりしたら、アーシャさんに言いつけますから」

「おまえなあ……」

フィンリーが眉尻を下げる。シシィは俯き、両腕をしっかりとお腹に回した。

──いいんだ。ラージャさんとつがいになる気なんて、最初からなかった。

確かに種はラージャのものだけど、そんなのは知らなければ関係ない。報告しなければ、この子はシシィだけのものだ。

――この子を軽んじるような人に、この子のことは教えない。

シシィは孤児だ。おじいちゃんもご近所さんだったドワーフたちもシシィに愛情深く接してくれたけれど、心ない言葉を投げつける人はいた。

――あの子、捨て子なんだって！　ふふ、かーわいそー♪

綺麗なドレスを着た少女が嗤《わら》う。

――やだやだやだっ、さよならなんかしたくない。ずっとこの子と一緒に遊びたいよう。そうだパパ、この子、うちの子にして？　パパもママもいないいんなら、いいでしょう？

仲良くなった男の子は、犬猫のようにシシィを所有しようとした。

――どこの馬の骨とも知れぬ子らを育てようとする卿の志は尊い。だが、子らのために卿の知識と経験が失われるのはいかにも惜しい。重荷は我らが引き受けよう。どうか――。

そして王都からおじいちゃんを訪ねてやってきたお客様はシシィをお邪魔虫のように扱った。

腹の中の子はあんな目に遭わせたりしない。この子にはこの子を愛してくれる人しか近寄らせない。粗雑に扱いそうな者には指一本触れさせないし、何かしたら、鉄槌《てっつい》を食らわせてくれる。

腹を据え、シシィは考える。どうやったらこの子を健やかに産み育てられるか。動ける今のうちにしておくべきことは何かを。

「まずは、お金、かな」

「は？」

決然とした表情で呟いたシシィに、フィンリーが何とも言えない顔をした。

◆ ◆ ◆

険しい表情で馬車を降りると、大股に執務室へ向かう。扉を開けるとルドラとジュールがソファでくつろいでいた。

「おかえりなさいませ、兄上。随分と早いお帰りですね。お茶会はいかがでしたか？」

ラージャは無言でソファを回り込み、弟の隣にどっかりと腰を下ろす。上着の襟元を緩めたのと同時に、いつも凛《りん》と立っている耳がふにゃりと倒れた。

兄の随分と弱った様子に、ルドラは使用人を呼び、強い酒を垂らした茶を用意するように命じる。

長い金の髪を三つ編みにして左肩に垂らしたエルフが唇に食えない笑みを浮かべた。

「随分とご機嫌斜めだな、ヴィハーン」

「ジュール。何しに来た。公爵家にいる間は依頼を受けられないと言っておいたはずだが」

「ああ、釘を刺す必要はない。私は君ではなくルドラに公務で会いに来たんだからね。それより何があったんだい？」

優雅な手つきで金で縁取りされた白い陶器のカップを持ち上げたエルフを柘榴の双眸が睨《ね》めつける。

「娘を紹介された。――甘い匂いをぷんぷんさせたな」

「ほう！」

ルドラが苦笑する。

「無茶をしたものですね。発情期のオメガのにおいは威力絶大ですが、それだけに危険でしょうに」

「招待客はベータばかりだった」

ベータならばオメガのにおいに誘惑されることはないが、貴族の跡取りは大抵アルファだ。普通に茶会を開こうとすれば、招待客がベータばかりなどということはありえない。茶会は最初からラージャの籠絡《ろうらく》が目的だったのだろう。

「発情期のオメガのにおいを嗅いで、よく逃れられたな」

「寄るなという警告を無視したので、壁を破壊した」

いつも携えている愛剣を叩きつければ一発だ。

「相変わらずやることが派手だな」

「だが、これだけしてもちょっかいを出す輩《やから》が絶えん。いい加減、うんざりだ」

ラージャがソファの背もたれに寄り掛かり頭を仰け反らせる。

「うん？　馬鹿げた振る舞いはわざとだったのか？　もしやこれまでもそういう目に？」

ジュールの問いにはルドラが兄に代わって答えた。

「そうですねえ。昨日の夜会では兄上を巡って女性が摑みあいの喧嘩をし始めましたし、一昨日は兄上の子を孕んだと騙《かた》る娘が屋敷に押し掛けてきて追い払うのに随分苦労させられました。兄上は滅多に屋敷におられないから、一旦戻られると大変なんです。ただでさえ多忙なスケジュールの隙間に社交上のつきあいにかこつけた碌でもない予定がねじ込まれて」

「貴族社会は迷宮より過酷だな」

茶が運ばれてくると、ラージャはむくりと起き上がり受け取った。

「ラーヒズヤ卿が旅に出たのも、求愛の激しさに辟易《へきえき》したからだったと聞いている」

「ラーヒズヤ卿か……」

「あっ、その話はそこまでで」

厭そうに顔を歪めたルドラに、ジュールが眉を上げる。

「うん？　何でそんなことを言うんだい？」

「卿の話になると兄上もジュールも長いからです」

「仕方がないだろう？　卿は探索者の伝説《レジェンド》だ。どれだけ語っても語り足りない。君に想像がつくかね、卿がいなかったら一体いくつ未攻略の迷宮が残ることになったか！」

「いや別に興味ないんで」

耳をへたらせたルドラにかまわず、ジュールはうっとりと語る。

「卿は腕が立つだけでなく惚れ惚れするほど男前だった。人格者で、決して非道な行いを許さない。彼がまだこのアブーワにいたら、色んなことが随分と違っていただろう」

頷いたのはラージャだ。ラージャにとってもラーヒズヤ卿は憧れの存在だった。当時既に伝説だった卿の数々の逸話《いつわ》を聞くことがなければ、公子であるラージャが探索者を目指しはしなかったろう。

「探索者になる前に一度だけ会ったが、立派な方だった」

「可愛い子を連れていましたよねえ」

意味ありげに向けられたルドラの視線をラージャは黙殺する。ジュールが切なげな溜め息をついた。

「私もお会いしたかった！」

父公爵の招きで屋敷を訪れた時、ラーヒズヤ卿は既に探索者を引退しており、守護機関の事務所には顔を出さなかったらしい。

「また会う機会を待てばいい」

高齢とはいえ、伝説の男である。簡単に死ぬとは思えない。

だが、ラージャの言葉を聞いたジュールは酷く切なげな顔をした。

「そうだな。会えたらいい……。そういえば、これは話したことがあったかな。迷宮で初めて竜種と遭遇したのがラーヒズヤ卿だったんだけど――」

ルドラが倒した耳を更に両手で覆った。

「また長くなりそうな話を！　申し訳ありませんが、僕は退散させていただきます」

「待ちたまえ、まだ話は終わっていない。――いや、ラーヒズヤ卿の話ではないぞ。今日、私は孤児たちの支援がどうなっているのかを聞きに来たんだ」

「どう、とは？　とりあえず、住む場所を与えて食費を支給しています。衣類については手配中ですが、何か不足が？」

ジュールはエルフ特有の白く長い指を膝の上で組み合わせた。

「相変わらず子どもたちが仕事を探し回っている」

「そうなのか？」

ラージャが茶――というより酒――を啜りながら尋ねると、ルドラが頷いた。

「ええ。何もかも世話になるのは心苦しいらしく」

「こんなに小さい子が働こうとしているんだ、見ていて胸が痛まないか!?　仕事を探しているだけじゃない、住んでいる農家の畑を耕したり鶏の世話をしたり……そんなの、私でさえしたことがない」

「あの子たちが自主的にしているのです。子どもたちの自立心を尊重するべきでは？」

「私は手当の拡充と、世話役の派遣。まずはこの二点が必要だと思う」

「子どもたちのとりまとめは年長の子ども――というほど幼くはないですね、青年がするから、世話役は必要ないと子どもたち自身が言っています」

「だが、その青年は探索者になった。場合によっては何週間も何ヶ月も留守になる仕事だ。その間大人が一人もいないなんて問題だろう？」

「探索者？　ああ、だからいつ行ってもいないんですね。それはいささかよろしくありませんが、あの子たちは大人を信用していません。食い物にされるのを恐れながら知らない大人とやっていくくらいなら浮浪児のままでいた方がいいとまで思っています。ただでさえ育ての親を亡くしたばかりなんです。あの子たちを刺激したくない。週に一回、チャリタを連れて差し入れを持っていきがてら様子を見ていますが、あの子たちは実によくやっています。できるところまで好きにさせてもいいのではありませんか？」

ルドラの言葉に、ジュールが驚く。

「君自ら足を運んでいるのか？」

「あ、秘密にしておいてくださいね。子どもたちには担当役人だって言っているんです。公爵家の者だなんて言ったら、萎縮してしまうでしょうから」

アブーワは豊かだ。だが、孤児は決して珍しくない。死ぬからだ。親が。迷宮で。

探索に行ったきり帰ってこない親を待って飢えかけていた子を引き取ったという話を聞くたびにどうにかしなければと思うものの、領主の立場でできることなどたかが知れていた。人は働かねば食べていけないし、他に生きる糧を得る手段を持たない民に危険だから迷宮には入るなとは言えない。それは危険だから海に行くなと漁師に、山へ行くなと狩人に言うようなものだからだ。

——シシィも親がいないと言っていたな……。

祖父御がよくしてくれたようだが、あの子はどんな風に育ったのだろう。

——いや、そんなことを考える必要などもうない。あれとはパーティーを解散するのだから。

「探索者といえば、兄上。またパーティーを解散すると言ってましたが、もう手続きはしたんですか?」

心を読んだかのようなルドラの言葉に、ラージャは目を上げた。気がつけば弟もジュールも己の方を見ている。

「……いや、忙しくて忘れていた」

「それならちょうどジュールがいるんです。申請をしてしまってはいかがでしょう」

「む」

ラージャは迷う。

もちろんパーティーは解散するつもりだ。迷宮の中で誘惑するようなオメガのパートナーなどいらない。手が空いたら申請のために事務所を訪れるつもりだったし、まだ手続きしていなかったのは単に日々の雑務に追われていたせいだ。今手続きをしても何ら問題はない。ないのだが。

「どういうことだい? 新迷宮を踏破してうまくいっているんだと思っていたのに、またパーティーを解散するというのか? 一体あの子の何が不足なのかな?」

ジュールが柳眉《りゅうび》を逆立てたのに、ラージャはむしろほっとする。ジュールは承認しないだろう。ラージャが組んだばかりのパーティーを解散するのを。いや、もちろん解散したいのだけれど。

とはいえ、事はラージャが望んだようには運ばなかった。

「威圧すれば私が言うことを聞くと思ったら大間違いだが――いいだろう、解散は受理しよう。後で申請書を送るので、記入の上返送してくれたまえ」

ラージャは憮然とした。黙っているラージャの代わりに弟が礼を言ってしまう。

「兄上の要望を聞き入れてくれてありがとうございます、ジュール。いつも面倒を掛けてすみません」

「まあ、最近あの子は他の探索者と臨時パーティーを組んで迷宮に潜っていたからね、何かあるんだろうなとは思っていたんだ。ヴィハーンと新迷宮を攻略して箔もついたことだし、これからは荷物運びなどといった役不足な仕事を強いられることもないだろう。新しいパーティーメンバー選定に時間がかかるが――」

「待て」

いきなり立ち上がったラージャに、ジュールが口を噤《つぐ》んだ。

「他の探索者と臨時パーティーを組んで迷宮に潜っているだと？　シシィがか？　一体、どういうことだ」

声を荒げジュールを詰問しつつ、ラージャは自覚していた。己のしていることにはまるで筋が通っていない。パーティーを解散するつもりだったのだからシシィが誰と何をしたところでどうでもいいはずなのに、何を熱くなっているのだろう。

――一体私はどうしたというんだ……？

とにかく会わなければとラージャは思った。シシィに会って――自分は、何をするつもりなのだろう？

門は一日の探索を終えた探索者たちでごったがえしていた。買い取り所で得た金で早速買い食いしている者もいれば疲れきった顔で家路を急ぐ者も、酷い怪我をして仲間に支えられようやく歩いている者もいる。

ラージャは門まで馬車で乗りつけると、門を守る竜人にタグを示しながら尋ねた。

「シシィは中にいるか？」

「ええ。そろそろ上がってくる時分です」

軽く顎を引いて謝意を示し進んだラージャは、迷宮の中へと下りる階段に足を掛けたところで止まった。階段の下に見える小広場でシシィが五人の少年と輪を作りしゃがみ込んでいる。おまけに更に下の階層から上がってきた獣人ばかり五人のパーティーもシシィに用があるようだ。

「シシィ？」

「あ、こんにちは」

獣人に向けられた花が咲くような笑顔に、ラージャは衝撃を受けた。

自分以外にもああいう顔を見せる相手がいるとは、なぜか思ってもいなかったのだ。

いつどこで知りあったのだろうと思いつつ、ラージャはフードの下でこっそり耳をそばだてる。

「何してんだ？　水石《アクアロック》と、火石《コール》？」

「今日の成果の配分です」

「え、まさかシシィ、今日はこの子たちと一階を探索してたわけ？　シシィならもっと深い階層にも行けるだろうに、割に合わなくない？」

獣人の無神経な言葉に、少年たちが居心地悪そうに身じろぎする。シシィは首を振った。

「次の探索のために補充しなきゃいけなかったからいいんです。買うと高いけど、自分で狩る分にはタダですし。フィンリーにもこの子たちのことよろしくって頼まれてますし」

「あー、フィンリーの紹介かー」

耳をぴたりと寝かせた獣人が頭を掻く。他の獣人の言葉で事情がわかった。

「俺たちと同じ立場ってわけだな！」

どうやら酒場の店主がシシィに他のパーティーを紹介しているらしい。ぐるると唸りそうになり、ラージャは喉元を片手で押さえた。戦いの場ならともかくこんな場所で唸り声を上げるなんて、不作法もいいところだ。

「一階の魔物たちは弱いとはいえ囲まれちまえば死ぬからな。ガキには荷が重いが、シシィがいるなら安心だ。おまえら、今日は随分と稼げたろう」

少年たちが顔を見合わせた。装備からして中堅どころであろう獣人たちに気後れしているのだ。

「ええとあの、はい」

「雇われて一日荷運びする何倍も稼げました」

「今日の稼ぎで魔法のついた武器を買えば、自分たちだけで探索できるようになるかも……」

こんなに稼いだのは初めてなのか。少年たちはうっとりと配分された石を見つめる。

かつての自分たちの姿を見ているようで微笑ましいのだろう。獣人たちの表情は穏やかだ。

「よかったな。でも明日のシシィは俺ら『月夜の道化師《ピエロ・リュネール》』のもんだからな」

――俺らの……もん？

ラージャの眉間に深い皺が刻まれる。

「念を押さなくてもちゃんと覚えてるから大丈夫です」

「頼むぜー、シシィ。あんたの魔法具があるとないとじゃ、何倍も稼ぎが違ってきちまう」

「俺らもできるだけ早く自分たちの魔法具買えるよう、頑張るからさ」

どうやらシシィは空間魔法を使えることを隠し、魔法具を持っているということにしてこのパーティーに加わっているらしい。

フィンリーは今でこそ酒場の主だが、かつてはランカーの一角を担っていた。シシィをこのパーティーに紹介することで、便利だとわかってはいてもあまりの高価さに魔道具の購入を躊躇う獣人たちのケツを蹴り飛ばしてやるつもりなのだろう。

若手を育てるのは悪いことではない。ないのだが。

「そうだ、シシィ。この後、一緒に食事でもどうだい？　魚が美味い店を見つけたんだ」

「お魚！」

シシィの目がきらんと煌《きら》めく。

「今日は結構稼げたし、世話になってるからね。奢ったげるよ？」

一瞬たりとも迷わずシシィは即答した。

「ごちそうさまです！」

たかが魚に釣られるガルー迷宮踏破者に、ラージャは苦虫を噛み潰《つぶ》したような顔になった。

「早っ」

「じゃー行くかー、と。あ……？」

獣人パーティーのリーダーが目を見開く。

ラージャが階段の上から穴の底へと飛び降り、一迅《いちじん》の風のように両者の間に割って入ったのだ。

「駄目だ」

シシィを背後に隠したラージャに獣人たちはあからさまにたじろいだ。

「え、駄目って。あんた、誰なんだ……？　探索者なのか……？」

ふわり、と。

甘いかおりが鼻をくすぐる。我慢できず振り返ると、シシィの勿忘草色の瞳が驚いたように瞬いた。

「もしかして、ラージャさんですか……？」

シシィの言葉に、獣人たちが騒ぎだす。

「あっ、ラージャ……さんか！　やけに小綺麗になってるからわかんなかったぜ」

ラージャははっとした。

現在の自分の格好が貴族仕様であることを思い出したのだ。外套だけはかろうじて探索者用のを引っ掛けてきてはいるが、精緻な刺繍が施された服の肩口にかかる黒髪は香油で艶を出した上に守り石を嵌め込んだ飾り留めであちこち留めてある。おまけに服はすべて絹ときては悪目立ちすることこの上ない。

「ええと、シシィさんに、用っすか……？」

「おまえには関係ない。来い、シシィ」

ラージャが乱暴にシシィの腕を引く。足を縺れさせつつも、シシィは獣人たちを振り返った。

「え……えっと、ごはんはまた今度奢ってください！」

助けた方がいいのかと身構えていた獣人たちの緊張がのんきな一言に解ける。

「はは、ちゃっかりしてら！」

「しょーがねーな。わかったよ、またな」

階段を上りながら、ラージャはフードを目深に引き下ろした。

「何をやっているんだ、おまえは。一ヶ月の間は休みだと言っただろう」

シシィがきょとんとする。

「怪我をしているわけでもないのにぶらぶらしてられません。お金だって稼がないといけないですし」

「あれだけ稼いで足りないか」

ラージャは公子だが、一度の攻略で得られる報酬が一般の庶民にとって、一生掛かっても稼げない額に上ることとくらいは知っていた。

「武器を買いましたから」

「ナイフと弓か。いくらいいのを買ったにせよ、半分は残ったはずだ」

「持ってるナイフもメンテナンスしてもらったんです。それから次の探索のために装備を補充して」

「水石《アクアロック》と火石《コール》は買わずに済んだようだが」

「ええとそれから、生活費だって……」

「生活費？」

庶民がどんな贅沢三昧《ざんまい》な生活を送ったところでたかが知れている。

ラージャは足を止めると、軀を反転させた。

シシィと向かいあい、美しい勿忘草色の瞳の奥をじいっと覗き込む。

「シシィ、何を隠している」

勿忘草色の瞳が揺れた。ぎこちない笑みが薄桃色の唇に浮かぶ。

「……っ、わかりました。説明します。あの、一緒に来ていただけますか……？」

歩きだしたシシィの手をラージャはとっさに掴んだ。そうしないとどこかへ行ってしまいそうな気がしたのだ。獣人で鼻が効くラージャがシシィを見失うことなどありえないのに。

「……」

シシィはきょとんとしただけで、ラージャの手を振り払おうとしなかった。

簡単に握り潰せそうな小さな手が、自分の手の中に納まっている。

じわじわと胸の裡に何かが満ちてゆく。

何だろう、この感じは。

酒に酔ったかのようにすべてが遠い。鮮やかに感じられるのはシシィだけだ。今は発情期ではないはずなのに。

「あ、ちょっと寄り道して、いいですか？」

途中で一度だけ足を止めると、シシィは菓子屋に入った。シナモンの効いた生地に様々な果物が載っていて見た目にも美味しそうな焼き菓子を大袋いっぱいに買う。両手で抱えると鼻の先まで隠れてしまうのを見て、ラージャは大袋を奪い取った。

「いいです。自分で持ちます」

背伸びして取り返そうとするシシィを一睨みで黙らせ、ラージャは元通り手を繋ぐ。シシィならば両手を添えなければ無理だが、ラージャは背が高いだけでなく腕も長い。これくらいの袋なら片手で持てる。

——別に、手を繋げなくなるのが厭で持ってやったわけではないが。

ぐいと手を引き歩きだすと、シシィは繋がれた手を複雑な表情で見下ろした。

「……ありがとうございます」

黙って街路を歩く。段々人通りが少なくなってゆき、ラージャは己がアブーワの外れまで来ているのに気がついた。砂漠に出るつもりだろうかと訝っていると、舌足らずな声が聞こえてくる。

「あっ、ししー！」

「ししー、おかえりっ」

「おしごと、おわったの？」

幼い獣人の子が十人ほど、腰ほどの高さの柵を跳び越えあるいはくぐり抜けて、ぽてぽてと走ってくる。

「ただいま」

シシィはしゃがみ込んで抱きついてきた子どもたちを受け止めると、頭を撫でてやった。その表情はやわらかい。撫でられている子どもたちも気持ちよさそうに耳を倒している。

かわるがわるなでなでしてもらうと、一番年嵩に見える男の子が、ラージャを見上げた。

「ししー、そいつ、だれだ？」

「前に話したことあるよね？　ラージャさんだよ」

「ふーん」

生意気にも睨み上げてくる獣人の子を、ラージャは無言で見下ろす。

「ラージャさん、僕の兄弟を紹介しますね。みんな、集合！」

シシィが声を張り上げると、柵の中の農家から更に獣人の幼な子たちが出てきた。どういうことだろうと思っていると、チャリタの手を引いたルドラまで現れる。

「兄上？　どうしたんですか？」

「おまえこそ何をしている」

「何って、言ったでしょう？　チャリタと週に一度様子を見に来ているって」

ほんの数時間前、ルドラやジュールとした会話をラージャは思い出した。

「ここは『豊穣の家』か……！」

シシィの境遇と似ているどころではない。話に出てきた年長の青年こそがシシィだったのだ。

幼な子の一人が、シシィの外套の裾を引っ張る。

「そのじゅーじん、るーのにーに？」

「そうだよ」

「なにしにきたの？　るーのおむかえ？」

ルドラが若干引いた。

「えっ、まさか兄上、僕を迎えに……？」

ラージャは溜め息をつく。

「私はシシィについてきただけだ」

「シシィ？　もしかして、彼が兄上の新しいパーティーメンバーだったんですか？」

ルドラの、ラージャとはまるで違うあたたかな色を湛えた瞳がシシィへと向けられる。

「つまり、君がガルー迷宮を制覇した新人くんなんだ！」

シシィは慎ましやかに首を振った。

「すべてラージャさんのおかげです」

「うわ、兄上の新しいパーティーメンバー、有能なだけでなく、すっごく可愛らしいんですね！」

ラージャはこの時、己がどんな顔をしたのか知らない。だが、恐らくは大変よろしくない表情を顔に浮かべたのだろう、ルドラがさっと娘の目元を手で覆った。孤児たちの幾人かもぶわっとしっぽの毛を逆立てたが、シシィは見ていなかったらしい。子どもたちの背に手を当て、家の中へと促す。

「そうだ、おやつを買ってきたんです。中へ入って皆でいただこう？」

扉を入ったところは台所を兼ねた居間となっていた。長細いテーブルが二つ並び、小さな椅子がぎっしりと並んでいる。ラージャがテーブルの上に大袋を置くと、シシィが獣人の幼な子を手招きした。

「ドゥルーブ、シュリア。二人でこのお菓子を皆に配ってくれる？　オムはお茶を淹れてくれるかな？」

「くれるー」

「まかせとけって！」

ドゥルーブと呼ばれたみかん色の耳としっぽを持つ獣人の子がこくりと頷き、シュリアと呼ばれた白い毛並みの子が元気よく片手を上げる。どうやらこの三人が幼な子の中では年嵩らしい。とはいえ、ラージャの腹にも届かない背丈しかない。一番小さな子はまだおむつをしている。膨らんだ尻を振り振り歩く様子がアヒルのようで何とも愛らしい。

「運んでくださってありがとうございました。僕、ちょっと装備を外してきますね」

　シシィが居間の奥の扉を開けるとベッドが見えた。扉を開けたままシシィは外套を脱ぎ、様々な装備がついた重いベルトと共に壁のフックに掛ける。続いてベッドに腰掛けブーツを脱ぎ始めたシシィからラージャは目を逸らした。白いふくらはぎがあまりにも眩しかったからだ。

　逸らした視線の先では、小さな両手で椅子を引いた茶トラの毛並みの獣人の子が、不安そうにラージャを見上げていた。

「ろーぞ」

　座れということらしい。腰掛けてみたラージャは困ってしまった。膝がテーブルにぶつかってしまうのだ。幼な子たちに合わせてあつらえたのか、テーブルも椅子も低い。

　獣人の子は別の椅子の上によじ登り、蒸らしていた茶をカップに注ぎ始める。

「オムといったか。手伝いは必要ないか」

「らいじょーぶ」

　作業に集中しているオムは振り返りもしない。茶の入ったポットが重いのか手がぷるぷると震えていて危なっかしいことこの上なかったが一滴も零すことなく作業を完遂し、満足げに湯気を上げるカップ群を眺める。

「あそこがシシィの寝室か」

　ラージャの視先を追い、オムが頷く。

「そうらよ」

「君たちはどこで寝ている」

「やねうらべや。はしごでのぼるの」

言われてみれば、居間の天井は三ケ所大きくくり抜かれており、梯子《はしご》が立て掛けられていた。ふざけて追い掛けっこをしていた獣人の子たちが走るような早さで上り下りしている。気がつけば、チャリタも孤児たちに交じって遊んでいた。

「お待たせしました。さあ、席について。おやつにするよ」

寝室から出てきたシシィは素足にサンダルを突っ掛けていた。上半身はいささか大きすぎるシャツ一枚だ。傍《そば》を通り過ぎる瞬間ふわりと香った汗のにおいに、ラージャは鼻をひくつかせる。

それぞれに遊んでいた幼な子たちが大急ぎで席につくと、シシィは胸の前で手を組み合わせ、短い祈りを唱えた。幼な子たちも同じように両手を組み、おやつへの期待に耳をピコピコさせながら目を瞑る。

「はい、では、いただきます」

シシィの掛け声と共に、卓上は一気に賑やかになった。

「おいしーっ！」

ぎゅっと目を瞑り、ぴんと伸ばしたしっぽを震わせている子がいる。夢中になって頬張っている子もいれば、仲良く半分こして違う味の焼き菓子を味わおうとする子もいた。シシィはといえば、自分の分の焼き菓子には手をつけず、大皿に纏められた残りの上に両手を翳《かざ》している。

「風よ。助力をありがとうございます。どうぞお召し上がりください」

ラージャは目を凝らした。天井近くにふわりと光の玉が生まれたからだ。

「何を、している」

応えたのはドゥルーブだった。

「せいれいへのおれいー。たすけてもらったぶん、おかしをささげるのー」

ぽよんぽよんと下りてきた光の玉は焼き菓子の上でしばらく彷徨《さまよ》っていたものの消えてしまった。

「あーあ。かえっちゃった」

「やっぱりししーがじぶんでやかなきゃだめなんだよー」

傍でもぐもぐしながらシシィのすることを見ていた幼な子らがませた口調で言うと、シシィはしっとりとした笑みを浮かべる。

「そうみたい。後で紅苔桃のパイを焼くの、手伝ってくれる？」

「ん！」

やわらかな表情に、シシィがこの血の繋がらない弟たちを心から慈しんでいることがわかった。

ラージャは己の前に置いてある焼き菓子を見下ろす。明らかに自分は場違いだ。

父親の顔でチャリタの顔を拭いてやっていたルドラがシシィに尋ねる。

「兄上に教わるまでもなく魔法もナイフも使えたそうですが、どなたかに師事されたことがあるんですか？」

シシィは手にしていた焼き菓子をわざわざ下ろして答えた。

「おじいちゃんが教えてくれたんです。世の中には親がいないってだけで食い物にしようとする輩がたくさんいる、望む通りに生きるためには力を持たねばならないっていうのがおじいちゃんの持論だったから」

「ああ、だからここの子たちは皆、しっかりしているんですね」

身内を褒められたシシィがはにかむ。

「おじいちゃんは若い頃探索者だったんです。僕だけでなく弟たちも探索者に憧れていて、みんな大きくなったら迷宮に潜るって決めています。その時にはちゃんとした装備を揃えてあげたいから、僕、今、お金を貯めているんです」

――だから他の者と組んで迷宮に潜っていたのか。

ラージャはぐっと奥歯を噛み締めた。

「ああ、迷宮産のものは質がいい代わりに高価ですからね」

「それで生存率が上がると思えば安いものです」

木の棒しか持たない者と、迷宮産のいくら斬っても刃が鈍らないナイフを持っている者とでは生還率が格段に違う。上層の魔物などはとても弱そうに思えるが、それでも無謀な新人の多くがその上層で消息を絶つ。足下を見られていると知りつつも新人が安価な荷物運びを引き受けるのはそのせいだ。

もしここにいる全員分の装備を揃えようと思うなら、確かにどれだけ稼いでも足りない。

ラージャが文句をつける筋合いでは全然ないと、頭ではわかっているのだが。

隣に座っていたオムがラージャの顔を覗き込む。

「たべないの？　おむ、もらってもいー？」

柘榴色の瞳が動き、オムを捉える。シシィ同様、この子も――ここの孤児たちは誰一人――強面《こわもて》であるラージャを恐れる素振りを見せない。

――おじいちゃんとやらはどれだけ怖かったのだろう。

黙って皿を押しやると、ラージャは興奮にぱたぱた動く茶トラの耳の間を撫でてやった。

◇　◇　◇

馬車ががらがらと音を立てて遠ざかってゆく。幼い弟たちと一緒にラージャたちを見送ったシシィは馬車が見えなくなるとその場にしゃがみ込んだ。

「はー……」

――大丈夫。気づかれなかった。

片手でそっと腹をさする。元々無駄な肉のついていないシシィの腹部はいまだ平たく、子が宿っているようには見えない。

「ししー。あのらーじゃってやつだろ、ししーをはらませたの」

偉そうに腕組みして聞いてきたシュリアに、シシィは目を瞠った。

「え？　何でそのこと……」

「どぅるーぶもしってるよー。ししーのおなか、あかちゃんがいるんでしょー？」

「しょーどくやくのにおいさせてかえってきたひ、あったろ。てわけして、まちじゅうのしんりょうじょにききこみした。ししー、びょーきになってもぜったいいわねーから」

親がいないせいか、孤児たちは頭が回る。いいことではあるのだが、おじいちゃんが死んでからは気を回しすぎているように感じられて痛々しい。

シシィは唇の前に指を一本立てて見せた。

「……誰にも言っちゃ、駄目だよ」

「ししーがそーゆーなら、いわなーい。でもー」

「あいつのつがいになるき、ねーのか？」

想像しただけで、ぶわっと冷や汗が浮いてきた。

「こうなってしまったのは事故みたいなものだから」

「せきにんっ、あいつにもあることだろっ」

「それでも……僕たちだけでこの子を育てちゃ駄目かな？」

探索者は危険な仕事だ。憧れの的ではあるが、なるのは貧困層の者が多い。金も地位も名誉も兼ね備えていると聞いてもシシィがラージャに気後れせずに済んだのは、だからだ。ラージャの出目も自分と大差ないのだろうと思っていたから。

でも、それは間違いだった。

ラージャはルドラの兄だという。シシィはほんの数回会ったことがあっただけだったけれど、それでも気づいた。ルドラの育ちが凄くいいことに。

──つまりあの人たちは自分とは違う世界の存在なのだ。

ちゃんと親がいて、お金に不自由したことなんかない家に育った人。もちろん物のように欲しがられた経験もないし、飢える不安に眠れぬ夜も、孤児だからと十把一絡《じゅっぱひとから》げに扱われる切なさも知らない。

わかったら、怖くなった。

──あの人の目に、僕はどんな風に見えていたんだろう。変じゃなかったかな。だって僕は『普通』

を知らない。皆にはいる『親』がいなかったから。

ううん、引け目に思う必要なんかない。自分はちゃんとやれている。自分を信じられなければ弟たちを見ればいい。この子たちは誰にも劣ったところなんかない。胸を張って自慢できる。赤ちゃんもこの弟たちのように育てれば大丈夫なはずだ。

——大丈夫？　本当に？

不安に囚われそうになったシシィの背中にドゥルーブがぽふんと抱きついてきた。

「わかったー。ししーのこはぼくたちでそだてるー」

続いて前からオムが首っ玉に抱きついてきて、シシィの頭をなでなでする。

「おむ、おむつかえたげる」

「どぅるーぶは、ねつくまでおうたうたったげる」

わらわらと集まってきた子たちがシシィに抱きつく。ちっちゃな子はよたよたと背伸びして。皆、ぴんと立てたしっぽをぴこぴこさせながら。

「ありがと……みんな」

目の奥が熱くなる。シシィは瞬きをし、涙を散らそうとした。

大丈夫。大丈夫。弟たちが受け入れてくれるなら何も問題はない。

「ありがと……」

月をいくつも連れて太陽が沈んでゆく。農地の向こうに見える荒涼とした砂漠は見ている分にはとても美しい。この子たちが一緒なら迷宮で稼ぐ傍《かたわ》ら赤ちゃんを育てられる。ラージャがいなくても平気。そう、シシィは思ったのだけれど。

夢を見た。

ラージャの夢だ。

――よく打ち明けてくれた。

――もう心配はいらん。この子のこともおまえの行く末もおまえの弟たちもこれからは俺が守ろう。

戦うために生まれたような大きな男が、泣いている赤ちゃんを不器用に揺すっている。何とも危なっかしい手つきを見ているうちに胸の奥がきゅうっと痛くなった。

――つがいとなったのだ、これからは一人で蹲《うずくま》るな。甘えたいなら甘えろ。

自分はこの男に甘えたいと思っていたのだろうか。

動けなくなってしまったシシィの頭を無骨な手がなだめるように撫でる。それからするりと耳元を滑り落ちた指先に、うなじを探られた。

ぴりっとした痛みにシシィは知る。ラージャにうなじを噛まれたのだと。


――――！

シシィはベッドの上で勢いよく起き上がった。まだ夜明けは遠く、窓から差し込んだ月光がシーツの上に影を落としている。肩で息をしながら乱暴に頬を拭うと手の甲に濡れた感触が残った。

これは、涙だ。

込み上げてきた嗚咽を、シシィは必死に噛み殺す。泣いていることを弟たちに知れたくなかった。

手探りで枕を掴み顔を埋め、幼い頃から何度となく唱えてきたまじないを胸の裡で繰り返す。

僕は大丈夫。僕は幸せ。僕は強い。

僕ならどんな苦難だって乗り越えられる。多少躓《つまず》いたって最後には全部うまくいく。怖いものなんて何にもない。大丈夫、大丈夫。

——でも、それが本当なら、なぜ僕は泣いているんだろう。

涙が溢れて止まらない。死にそうなくらい胸が苦しい。

「ふうっ、う——っ」

ラージャに噛まれたと知った刹那、胸に溢れたのは喜びだった。ずっと欲しくて欲しくてたまらなかったものをようやく手にできたのだと思った。

でも、違った。全部、夢だった。

そうわかった時、シシィを襲ったのは強烈な飢餓感だった。

もう一度あの人の声が聞きたい。あの人に触れられたい。一緒にいてくれるだけでもいい。

でも、地上に出てからあの人は、シシィに指一本触れようとしない。

「ううう——」

枕を抱え、シシィは慟哭《どうこく》する。

月がゆっくりと傾いてゆく。

明日も迷宮に潜らなければならないのに、眠りはいっかな訪れない。

翌日、約束の時刻に門へ向かうと、『月夜の道化師』のメンバーがそわそわと待っていた。

「おはよう、シシィ。昨日は大丈夫だったか？」

全身に分厚い筋肉を纏った獣人が心配そうに身を屈める。シシィはきょとんと大男を見返し、少し考え込んでから昨日この人たちと話している時にラージャが割り込んできたことを思い出した。

「ええっと……はい」

「シシィはさー、ラージャさんとパーティー組んでるんだろ？　昨日ラージャさんの機嫌が悪かったの、俺たちなんかと迷宮に潜ってたせいじゃねーの？」

「えっと……」

本当はその通りだったが、この気のいい獣人たちにそんなことは言えない。それにラージャは昨日のシシィの説明に何も言い返さなかった。ラージャが休養を取っている間、シシィが他のパーティーと共に迷宮に下ることとは許容されたのだ。

「でも、今はこっちのパーティーはお休み中なんですし。その間僕が誰と潜ろうとラージャさんには関係ありませんん」

獣人たちのリーダーが肩を竦める。

「でもなあ、探索者の中には悪いのもいるからな。俺らもそうだと思われたのかも」

「シシィがラージャとパーティー組んでるって話がガルー迷宮攻略後、すっかり広まっちゃったしね」

言われてみれば、最近何だかやたら見られるような気がしていた。

「あんたが一財産持っているのはバレバレだからな。魔法具の存在を人に知られないよう、今まで以上に気をつけた方がいい。人気《ひとけ》のない場所にも行っちゃ駄目だ」

「えぇー」

喋りながら獣人たちとシシィは迷宮へと歩き始める。

「あ、そうだ。忘れるところだった。シシィ、これ」

弓を携えたほっそりとした女性の獣人がシシィに小さなカードを差し出した。受け取ってみると時間と場所が書かれている。

「これは？」

「渡してくれって頼まれたんだ。あんたに話があるそうだよ。人間の女だったが、心当たりあるかい？」

シシィは首を傾げる。

「ないです。でもまあ、行ってみますね」

「おいこらシシィ。今、気をつけろっつったばっかだろーが」

「でも、大事な用だったら可哀想だし……」

人の流れに従い、階段を下りる。昇降機に乗るために横穴に入るとすぐに空が見えなくなり――シシィは戦いへと意識を集中した。


探索が終わった後、仲間が素材を買い取り所に持ち込んでいる間に案内所で地図を見せてもらったシシィは金の分配を済ませるとカードに記された場所へ向かった。

――昨日はラージャさんとここを歩いたんだっけ。

甘酸っぱいような気分が蘇《よみがえ》り、シシィは普段はかぶらないフードを引き下ろす。

——ラージャさん、僕と手を繋いでくれた……。

指先を握り込まれた時はびっくりした。そういうことをする人ではないと思っていたからだ。

——僕を逃がさないためだったんだろうけど……恋人みたいで、嬉しかった……。

そんな風に思っていたのはきっとシシィだけだろうけれど。

菓子屋の前を通り過ぎ、別の路地へと折れる。通りは賑やかで、特に危険は感じない。

「ここ、かな……？」

白く四角い建物の前で立ち止まると、シシィは周囲に視線を走らせた。すぐ横には花屋の露天があり、店番の老人が退屈そうにあくびをしている。少し先では家の前に椅子を出した女たちがお喋りを楽しみながら豆の皮剝きをしていた。怪しい人はいない。

木の扉をほんの少しだけ押して隙間から中を覗いてみる。薄暗い店内には案外客がいて、煙草を燻らせたり飲み物を飲んだりしていた。

これなら大丈夫だろうと扉を大きく押し開き入ってゆくと、客たちが一斉にシシィを見た。

「あの……？」

背後で扉の閉まる音がした。振り返ると、扉の横の壁に寄り掛かっていた竜人がのっそりと扉の前へ移動したところだった。退路を塞がれたのだ。

暗さに目が慣れると、店は随分と広く感じられた。天井が高く、ちょうど二階部分に開口した窓から金色の陽射しが降り注いでいる。一階部分に窓はない。カウンター席や小さなテーブルに点在する客たちの半分は女性で、迷宮都市らしく探索者の格好をしている者が多かった。反対に男で探索者なのは戸口にいる竜人のみのようだ。

——竜人以外の男の人は多分、オメガだ。

男たちは男臭さというか覇気に欠ける代わりに奇妙な艶のようなものを纏っていた。服装もワイルドなものを好む探索者たちと違って華やかだ。

発情期が来れば雌と化すが、普段のオメガ男性はベータやアルファと見分けがつかない。恐らくここにいるオメガは、いいアルファを摑まえることに人生を賭けているタイプなのだ。

——獣人が多いなあ。これはちょっとまずいかも。

黙ってきょときょとしているシシィが脅えているように見えたのだろう。店の中央のソファに座っていた女性が立ち上がり、勝ち誇ったように微笑んだ。

「こんにちは」

素晴らしい美人だ。意志の強そうな翡翠《ひすい》の瞳にふっくらとした唇。艶やかな黒髪がゴージャスなウェーブを描きつつ肩を覆っている。小豆色《あずきいろ》のしっぽを背後で優美にくねらせているさまはまるで女王だ。

「……こんにちは。これは、あなたのですか？」

掲げられたカードを見た美人は頷いた。

「ええ。そう。来てくれてありがとう」

「僕に話って、何ですか？」

「そう急がなくてもいいじゃない。こっちに来て。一緒にお喋りしましょう？」

手招きされ、少し迷ったもののシシィは足を進めた。両側から投げ掛けられる友好的とはとてもいえない視線を浴びつつ、美人の向かいのソファに腰掛ける。

「ずっとあなたに会いたいって思っていたの。あなたがラージャの新しいパーティーメンバーなんでしょ？　二人だけでガルー迷宮を踏破したって聞いた時にはどんなごつい男と組んだのかと思ったけど、随分と可愛らしいのね」

口調こそ朗らかだが、美人の目は憎悪にぎらついていた。

「そんなこと、ないです」

「御謙遜《ごけんそん》！　今日ここに来てもらったのはね、お願いがあるからなの。パーティーを解散してラージャをあたしたちに返してちょうだい」

シシィは改めて室内に集う男女を見渡した。

そういえばラージャは金も名誉も地位も兼ね備えたアルファでモテるという話だった。

「あの、ここにいる方は皆、ラージャさんとつがいになりたいって思っている人たちなんですか？」

「そうよ。あの竜人以外はね」

「つまりあなたたち同士もライバルですよね。敵であることに変わりはないのに、どうして僕だけ」

「太ったジジ鳥は狙い伐たれるってことわざ、知っているかしら。あなたはアブーワに来たばかりなのにも関わらず、私たちに先んじてのけた。だからよ。——あなた、ラージャと寝たんでしょ？」

「——はい？」

シシィは勿忘草色の目を瞠った。

そんなことわかるわけない。きっと鎌を掛けているだけだと思う。でも、女性は自信満々だった。

「あなた、オメガなのよね？」

どくんと心臓が跳ねた。

「何を、証拠に」

「公爵家に出入りしている洗濯屋が言っていたわ。ガルー迷宮から出てきたラージャの衣類には発情したオメガのにおいがべったり染みついていたって。それにね、男のオメガって、アルファにヤられると雰囲気が変わるのよ。より愛されるため、仕草や目線に媚態《びたい》が滲み出るの。見ればわかるわ。あなたはもう男じゃない。アルファに掘られたいだけのあさましい雌よ」

すとんと納得できた。

そっか。僕はもう、ラージャの雌なんだ。だから、抱かれると悦びを覚えた。だから赤ちゃんを身籠もったし、迷宮を出てラージャが触れてくれなくなってから軀が切なくて仕方なくなってしまった。

自分は自分、抱かれたところで何も変わらないと思っていたけれど、そうではないのだ。

困ったなあとシシィは思う。ラージャとは関わりを絶とうと思っていたのに、うまくいかない気がしてきた。ここにいる女やオメガたちの誰かが自分と同じようにラージャの情を受けるかもしれないと思うだけで、気持ちがささくれ立つ。とても我慢できそうにない。まあ、ラージャはシシィとのことなど事故のようなものとしか思っていないのだろうけど。

「あなた方はどうしてラージャさんのつがいになりたいんですか？　やっぱり、金と地位と名誉に惹かれて？」

店内にいた者たちが顔を見合わせ——一斉に話し始めた。

「まあ、オメガと生まれちまったからには上を目指したいし？」

「金も地位も名誉も魅力じゃないとは言わないけどさ。ああいう無愛想でデカくていかにもストイックそうな男が俺のにおいに狂わされて箍《たが》が外れたように求めてくるとこを想像すると最高に滾る」

「そうそう、あの朴念仁《ぼくねんじん》、イイ軀してるし！」

「あたしはね、彼が人として好きなの。パーティーメンバーになったら、男とか女とか関係なく仲間として扱ってくれるし、利益も等分に分けてくれる。他の男たちときたら、女ってだけで配分を減らそうとするし、下手すれば野営中に手を出してこようとするのよ」

「だからね、ぽっと出のねんねちゃんに掠め取られるわけにはいかないの。わかるよね？」

カウンターに肘を突いていた女が煙草を陶器の灰皿で躙り潰す。探索者らしいその女がグローブを両手に嵌めながら近づいてくるのを見て、シシィは腰を浮かした。

「坊や、アブーワから出ていきな。古い迷宮で残飯漁《あさ》りするくらいは許したげるけど、アブーワと新迷宮は駄目。見掛けたら痛い目に遭わせるよ」

「……わかりました」

「いい子だ」

にっと笑うと、女はいきなりグローブを嵌めた拳をシシィの腹に叩き込んだ。『痛い目』に遭わせるつもりだったのだろうが、拳はシシィに苦痛を与えるどころか、金属質な音を立てて跳ね返った。

「……ってぇ！」

「何だ、今のは！」

シシィは素早くソファを乗り越え壁際に下がった。

「ガルー迷宮の最下層近くで狩った魔物の外皮です。物理反射っていう珍しい性質があるっていうから貰っておいたんですけど……装備しておいて大正解でした！」

外套の下に、ごく薄く軽い蟹《かに》の殻《から》のようなものをシシィはつけていた。これさえあればどんな打撃でも羽根で撫でられたようにしか感じられない。もっとも一定以上のダメージを受けると粉々に砕け散ってしまうけれど。

女戦士が吠《ほ》える。

「怯むんじゃないよ。みんな、手を貸しな。押さえつけて裸に剝くんだ。砂漠に放り出す前に、二度とアブーワに来たくないようにしてやる！」

「僕はわかりましたって言ったのに、酷いです」

躊躇っている男たちとは反対に、探索者らしい女性陣が猛然と飛び掛かってくる。

「風よ！」

シシィは叫ぶなり、テーブルを蹴って飛び上がった。

光の玉が生じ、シシィに力を貸す。ほっそりとした軀は二階分もある高い天井近くまで達すると、明かり取りの窓へと飛び込んだ。

「待てっ！」

空中でくるりと一回転して外の通りに着地したシシィは、身体能力に勝る獣人の女たちが同じように跳躍し窓をくぐり抜けて追ってこようとしているのを見るや走りだす。だが、すぐ傍の曲がり角に寄り掛かる獣人に気がつくのと同時に躓いて転んでしまった。

「あっ……」

ぱきりと音を立てて外套の下の殻が割れる。癖の強い髪を男のように短く揃え、弓を携えた女は、さっきまで共に迷宮に潜っていたパーティーの仲間だった。

「どこに行くつもりだい、シシィ」

壁に寄り掛かるのをやめ、獣人が通りの中央に出る。背中に負っていた弓を流れるような動きで手にするのを見て、シシィはこくりと唾を飲み込んだ。

◆　◆　◆

息せき切って部屋の扉を開けたプラディープ老に、ラージャは目を瞬かせた。

「どうした」

「ぼっちゃま。使いの者がこれを」

ひからびた枯れ木のような指が差し出した紙片を受け取り一読するなり短く命じる。

「馬の用意を」

大股に歩きだしたラージャを、プラディープ老は小走りに追った。

「もう、させております。ぼっちゃま、何があったんですか。使いの者はシシィさまが大変だから急いで欲しいとしかおっしゃられず」

「私のつがい志願者たちにシシィが襲われた」

「何と」

二人分の足音が廊下に響く。

「今は『月夜の道化師』の掩護を受け、孤児院に向かっているらしい」

「ですが、あそこには子どもたちが……！　ルドラさまにもこの話、お伝えします」

「ああ」

「ヴィハーンさま、これを！」

カビーアがラージャの愛剣を抱いて走ってくる。ラージャは小さく頷き受け取ると、無造作に鞘をベルトに差し込んだ。窓辺から下を眺め、鞍《くら》を乗せた馬が玄関の前へと引き出されようとしているのを見ると、窓枠を飛び越える。

「ご武運を！」

カビーアの声を背に獣人ならではの身軽さを発揮したラージャは危なげなく地面へと降り立つと、馬丁から手綱《たづな》を受け取り馬に飛び乗った。人通りの少ない道を選び、馬を駆る。

——間に合え……！

シシィに手を出した連中を八つ裂きにしたい気分だ。

——しかし、最初にシシィを踏み躙ったのは、私か。

可哀想なシシィ。尊敬する祖父の人生をなぞろうとアブーワに来たのに、迷宮の中で散々に弄ばれた挙げ句筋違いの嫉妬から襲撃された。

——あの子は、私が何をしても一言も責めようとしなかった。結婚を求めることもなかった。うすうす感じていた。本当にシシィは、自分がオメガだと知らなかったのではないかと。だが、それを認めればシシィに触れられなくなる。だからラージャはほとんど無意識にその可能性を脇に押し退け、目を閉ざした。

シシィの軀はまるで甘い蜜菓子だった。あんまりにも美味しくて、食べても食べても満足できない。地上に出てにおいに影響されることのなくなった今もラージャは餓えている。

——私はこんなにも堪え性のない人間だったろうか。

むしろ極めてストイックで、殊に色事には淡泊《たんぱく》な方だと思っていたのに。

どかっどかっと重々しい蹄《ひづめ》の音が響く。馬体の上に水平になるほど上半身を伏せて上着の裾をはためかせるラージャの目は禍々《まがまが》しいほどに赤い。

アブーワの外れ、孤児たちの住む『豊穣の家』の前に達すると、ラージャはまだ止まりきっていない馬上から素早く飛び降りた。開いたままの扉から、『豊穣の家』へと走り込む。

「——何だ、これは」

あまりの惨状に、ラージャは固まった。

「あっ、らーじゃ！」

「らーじゃだー。きょーはなんのごよう？」

暖炉の中で灰だらけになって縮こまっている男を、しっぽをぴこんと立てた幼な子たちが囲み、ぽこぽこミルクパンで叩いている。部屋の中央にはロープでぐるぐる巻きにされた探索者らしい女が五人、天井からは一人が逆さ吊りにされもがいていた。他にも意識を失った男女があちこちに転がっている。戦っているのは二人だけだ。

「……助けが必要かと思ってきたのだが」

「たすけー？」

こてんと耳と一緒に首を倒した獣人の子の向こうで、シシィを相手取っていた女が顔色を変えた。

「ラージャ⁉　どうしてこんなところへ……っ」

その隙を見逃さず、シシィが懐に飛び込む。

「えいっ」

掛け声こそいささか気が抜けるものの振り抜かれた拳は鋭かった。仰け反ってぎりぎりで躱した獣人の女の額にはびっしりと汗が浮いている。人間など、獣人にとっては敵ではないはずなのに。

「くそっ、卑怯だぞ……！」

シシィがラージャを呼んだと思ったのだろう、猛り狂って反撃しようとした女の鼻先でぽふんっと炎が弾けた。

「う！」

両手を翳した子がポテンと尻餅を突く。この子が魔法を放ったのだ。小さな子たちが喜んで、ぺちぺち手を打ちあわせた。

「やったあ！」

ごくごく小さな火炎はすぐに消えてしまったが、ちょうど攻撃に移ろうとした瞬間だったせいで獣人は棒立ちになった。

「よいしょっと」

そこでシシィがマイペースに繰り出した回し蹴りが側頭部に決まり、女が昏倒《こんとう》する。

残る一人は子どもたちの中でも年嵩の三人組が相手をしていた。円盾《バックラー》を持つオムの陰に隠れ、シュリアとドゥルーブが左右からナイフを振るっている。幼くとも獣人は力が強く素早い。絶妙な連携と身の軽さで攪乱《かくらん》している間に、オムが精霊の助力を願った。

「かぜー！」

「うぐっ」

　前に飛び出したオムの円盾《バックラー》で顔を強打され、鼻血を噴いて倒れた獣人の女に、他の子たちが飛び掛かりたちまちのうちに縛り上げる。その手際の良さはとても素人とは思えない。

　ラージャは何の役にも立たずに終わった剣をのろのろと鞘に戻した。

「実はイシで山賊をしていたということは」

「ありません。言ったでしょう？　望む通りに生きるためには力を持たねばならないっていうのがおじいちゃんの持論だったって」

　シシィもナイフを鞘に収める。その白い首筋を流れる汗に気がつき、ラージャは目を細めた。

　舐めたい。

　ふっとそんな欲望が頭を過ぎる。塩辛いに違いない液体が、シシィの膚に乗っているとやけに甘そうに見えた。だが、シシィは金さえあればいくらでも買える蜜菓子ではない。

「手伝おう」

　ラージャはシシィから目を背け、意識を失っている者の軀を縛り上げようと頑張っている子に歩み寄ろうとした。その動きが途中で止まる。幼な子たちも一斉に顔を上げ、扉の方を見た。

　異様な雰囲気にシシィが立ち竦む。

「えっ？　何？　まさか彼らの仲間がまだ――？」

「わかんない。でも、だれかくる」

　獣人たちのしっぽの先が持ち上がり、縦長に絞られた瞳孔に好戦的な光が灯った。ぎしりと小さな音を立てて扉が開き始めるや否や、ミルクパンやパン切りナイフを構えた子が一斉に飛び掛かる。

「かぜよ！」

何て身の軽さだろう。おまけに子どもたちは魔法を完璧に使いこなしていた。

「兄上、シシィ！　子どもたちは大丈夫——うわっ⁉」

だが、入ってきたのはルドラだった。危ういところで武器は引っ込めたものの、勢いのついた軀は止まらない。三人の幼な子に体当たりされたルドラは後ろへとひっくり返る。

「ぎゃっ」

「あれえ？　るー？　るーだあ」

「らいじょうぶー？　るー」

ラージャはあわあわしている子どもたちを抱き上げルドラの上から退けてやった。

「早かったな」

「あっ、兄上！　ありがとうございます。ご無事だったんですね。不届き者たちは——これはまた随分な人数ですね」

差し出した手を弟が摑む。引き起こしてやると、弟は座り込んだまま室内を見渡し、苦笑した。振り返って合図すると、使用人たちが入ってきて侵入者たちを運び出し始める。

孤児たちがしっぽをぴこぴこさせ、ルドラに群がった。

「ねーねー、きょーはちゃりたは？」

「ごめんね、連れてこなかったんだ。急だったから」

「そっかー」

「るー、ぼくね、わるもの、さんにんもやっつけたんだよ。まほうでばーんって」

「ん？」

「ぼくのほーがいっぱいやっつけたよっ。おたまで、ばんばんばーんって」

「んんんんん？」

舌足らずな声で、随分と凶暴なことを言う幼な子たちにルドラが首を捻る。

「悪者を倒したのは兄上とシシィではないんですか？」

ラージャは肩を竦め、シシィはまだ荒い息を整えつつ外套を脱いだ。

「ああ」

「みんな頑張ってくれたので、頭を撫でて褒めてやってくれませんか？」

「ええ⁉　こんな小さな子たちが？　倒したっていうんですか？　こんなに大勢を⁉」

幼な子たちは得意げに胸を張った。

「むふん」

「おむ、つよいんだよ。じいじにゆわれたとーり、まいにちいっぱいれんしゅーしてるもん」

「どぅるーぶもしてるー！」

「じいじ……」

ルドラが何か考え込みながら幼な子の頭を撫でる。幼な子は気持ちよさそうに目を細めると、ぐりぐりとルドラの手に頭を擦りつけた。

「じいじはねー、すごいしーかーだったんだよー？」

「ないつのしょうごうももってるの」

「騎士の位を？　失礼ですが祖父御のご尊名をお伺いしても？」

「それは……」

シシィが止めようとしたものの一歩遅く、幼な子たちが得意げに明かしてしまう。

「らーひずやっ！」

「じいじのなまえはね、らーひずやってゆーんだ！」

「あっ……」

ラージャは凍りついた。

騎士に叙せられた探索者でラーヒズヤの名を持つ者など一人しかいない。杳《よう》として行方の知れない伝説の探索者で、ラージャの婚約者の父親だ。

ルドラが続ける。

「では、ヴィヴィアンという人を知りませんか？　去年成人を迎えているはずなんですけど」

「ゔぃゔぃあん？　ししーのこと？」

「えっ」

「ししーってゆうのはー、ぼくたちがつけたふたつなでー、ほんとうのおなまえはヴィヴィアンってゆうのー」

ラージャは頭を抱えたくなった。

ヴィヴィアンはラージャの秘密の婚約者の名だ。シシィこそがずっと探していた婚約者だったのだ。

——凄く可愛かったから女だとばかり思っていたが、男だったのか、私の婚約者は。

「あの、どうしてヴィヴィアンの名を知っているんですか？」

シシィは不思議そうな顔をしている。まだ、ルドラが公爵家の人間であることを知らないのだ。

――ルドラは孤児を萎縮させないために担当役人のふりをしていると言っていたな。この反応だと、私が婚約者だということも知らないのか。

ラージャが公子であることは周知の事実であるが、考えてみればシシィはイシからアブーワに移住したばかりだ。知らなくても無理はない。

ちらちらとラージャの顔色を窺いながらルドラが言葉を濁す。

「僕たちは公爵家とは親しいんです。それより、ジュールも君たちの育ての親がラーヒズヤ卿だということを知らないんですか？」

「いえ、ジュールさんは明かさないと探索者登録をしてくれなさそうだったので、仕方なく」

「登録拒否？　あのエルフが？」

「あの、僕、迷宮を舐めているように見えたみたい。……おじいちゃんに色々教えてもらっていたからって自信満々だったから」

「仕方なくということは困らなければ隠しておくつもりだったんですか？」

シシィの目が泳ぐ。

「えーとあの、ある人に知られたらちょっと面倒なことになりそうなので……」

ラージャはしっぽを鞭のようにしならせた。ある人というのは、自分のことだろうか。聞きたいが、聞くのが怖い。

「面倒っていうのは、公子との婚約に関することですか？」

しかし、ルドラにとっては所詮他人事だ。躊躇なく突っ込む。

ラージャが固唾を呑んで耳をそばだてていると、シシィが心配そうな顔になった。

「婚約のこと、アブーワでは結構知られているんですか……？」

「いいえ、知っているのは僕たちくらいでしょうね。それで、なぜアブーワまで来たのに公爵家に顔を出さなかったんですか？　行けば、この子たちの面倒だって見てもらえたでしょうに」

「でも……おじいちゃんはもういないんです。騎士位は一代限り、おじいちゃんが亡くなれば僕たちはただの孤児でしかありません。つまり、結婚したって何の利もないんです」

確かに伝説の探索者の子とはいえ財もめぼしい領土も持たない騎士の子と縁を結んだところで大した利はない。父公爵は何を思ってラーヒズヤ卿の養い子をラージャに娶《めと》らせようとしたのだろう。

「それに十年以上も音信不通だったんです。今更僕みたいのに結婚しに来ましたって言われたって公爵さまだってきっと困ってしまいます。幸い、僕たちはみんな健康で働けますし、自分の面倒は自分で見られます。ラージャさんとのパーティーももう何回か探索をしたら解散を申し出るつもりでいたんです。探索のノウハウは大体呑み込めましたし、これからは弟たちと組んで迷宮に潜れば、ラージャさんに不快な思いをさせずに済むから」

なぜだろう。それまでルドラとシシィのやりとりを注視していた幼な子が一斉にラージャを見た。

問題はない。ここにいる孤児たちは下手な経験者よりも腕が立つ。探索者には年齢制限がなく、守護機関からタグさえ発行されればパーティーを組むことは可能だ。だが。

——必要なだけ稼げれば、私は用済みということか。

軀が燃えるように熱くなった。頭ががんがん脈打って、うまく物を考えられない。

ラージャはつかつかとシシィに近づき、腕を摑んだ。

「ラ、ラージャさん……？」

勿忘草色の瞳が不安そうに揺れる。

「ルドラ、少し、シシィと二人きりで話をしたい」

断りを入れると、ルドラは耳をびくっと揺らした。

「わ、かりました、けど、あの、僕はここにいますからね？」

「そうか」

「必要だと思えば踏み込みますからね⁉　自分の立場を忘れないでくださいよ⁉」

「私の立場？　この地で最高の権力を握り何でも意のままにできる立場か？」

「違うに決まってるでしょう！」

ルドラが何か喚《わめ》いているが聞く気はない。足を踏ん張り抵抗するシシィを引きずり、居間の奥——シシィの寝室へと繋がる扉へと向かう。

「あ……っ」

中へ入るなり更に強く腕を引くと、華奢な軀は簡単にベッドへ倒れ込んだ。

扉を閉め閂《かんぬき》まで掛けてから、ラージャはシシィへと歩み寄る。

「何……？　何をする気、ですか……？」

「『お話し』だ」

後退りするシシィを追い、ラージャはベッドに膝を乗り上げた。

「話をするのに、そんな近づく必要は……あ……っ」

——本当に乱暴なことをする気などなかったのだ。

だが、ベッドが軋んだ瞬間、甘いにおいが鼻を衝いた。緊張しているシシィの膚から、ベッドから、椅子の上に畳んである寝間着から、壁に掛けてある帽子から。

それだけで鉄壁だと思っていた理性が音を立て砕け散る。

「ひゃ……っ」

ラージャは脅え距離を取ろうとするシシィの細い手首を捕らえ力任せに引き寄せた。首筋に顔を埋めて胸いっぱいににおいを吸い込み、その心地よさにぐるると喉を鳴らす。

においだけではない。腕の中にすっぽりと収まる小さな軀やしっとりと汗ばんだなめらかな膚……シシィという存在のすべてにラージャの本能は歓喜していた。

欲しい。

柘榴色の双眸をぎらぎらと光らせ、ラージャはもがくシシィにケダモノのようにのしかかる。

「待……っ」

有無を言わさず唇を奪い、苦しげに開いた歯列の間から舌をねじ込んで唾液を、震える舌を味わう。厭なら噛めばいいのに、シシィはしない。抵抗らしきものを見せていたのも一時だけ、すぐにラージャの与える愛撫に反応し始める。

「……ん……っ、ん、んん……ふ、うん……っ」

頭の隅ではわかっていた。こんなことをしてはいけない。扉一枚向こうにはルドラや子どもたちがいて、ラージャが『お話し』を終えて出てくるのを待っている。

だが、手は勝手に服の上からシシィの尻の丸みをなぞり、雄はガチガチに硬くなっていった。

「ん……んん……っ⁉」

シシィと繋がりたい。あのあたたかな洞の中に雄を埋め、この世のものとも思えない快楽を貪りたい。そんな低俗な欲望で頭の中はいっぱいだ。

――オメガに関わると、アルファはケダモノになってしまうというが、こういうことか……！

ぐるぐると喉を鳴らしながら頭を擦りつけると、ようやくまともに息ができるようになったシシィが胸を喘がせ抗議する。

「やめて、ください……っ、何、すん、ですか……っ」

片手でシシィのズボンを引き下ろそうとするがうまくいかない。癇癪《かんしゃく》を起こしそうになったものの少し上体を浮かしてみてベルトに気がつき、ラージャは起き上がった。バックルを外そうとしていると、シシィが傍の棚の上に置いてあった何かを引っ掴む。何だろうと思った次の瞬間、側頭部にそれが激突した。

「……ぐ」

ベルトに集中していたラージャはもんどりうってベッドの上から転がり落ちた。

「兄上っ⁉　今のは何の音ですか？　返事をしてください兄上！」

ガンガンと扉が叩かれ、ルドラの声が聞こえてくる。肘を突き上半身を起こしたラージャは呆然とシシィを見上げ――とりあえずルドラに返事をした。

「何でもない。気にするな」

ベッドの上に座り込んだシシィは揺り籠らしきものを抱いていた。あれでラージャを殴ったのだろう。大きさすらまちまちな木切れで作ったらしい揺り籠は見事に壊れている。

こめかみを伝い落ちるものを感じ探ってみると、掌が赤黒く汚れた。頭に血が上っているせいか痛みは感じないが、木片で切ったらしい。

ゆっくりと立ち上がると、シシィが更に後退りし、ベッドの隅に背中をぶつけて縮こまる。両手で腹を庇《かば》うような仕草に、ラージャは目を細めた。

――腹など打ったか？　それに、揺り籠……？

「あ、あの……っ、溜まってるなら、口でします。だから、今日はその……っ」

「シシィ」

突いた手の下で、ベッドがぎしりと軋んだ。

「おまえ、孕んでいるのか」

シシィが弾かれたように顔を上げた。

――誰の子だ？　私の子なら、なぜ隠そうとする？　いや待てよ。孕んだということは――。

「シシィ、おまえ、俺以外のアルファと――」

最後まで言うことはできなかった。それまで竦み上がっていたシシィの平手打ちが飛んできたからだ。

一切手加減のない打撃に、今度は唇の端が切れた。

手の甲で口元を拭いながらラージャは噛みしめるように呟く。

「そうか。俺の子、なんだな」

まだ父公爵が健在で、跡継ぎの心配などしたことがないせいだろうか。子を欲しいと思ったことなどなかった。いやむしろ、腥い嫌悪さえ抱いていた。あなたの子を産みたい。それがラージャを誘惑しようとするオメガの常套句《じようとうく》だったからだ。孕んでもいない子を己を売り込むために使おうとするとはオメガというのは何て浅ましい生き物かと、ずっとそう思っていたのに。

シシィの腹に己の子が宿っていると知って覚えたのは、喜びだった。

全身が浮き立っている。子をシシィもろとも抱き締めたい。

だが、その前にやることがある。

ラージャは床に片膝を突いた。立てた片膝の上に頭《こうべ》を垂れる。

「シシィ。俺と結婚してくれ」

自分がうなじを噛んでいないのに身籠ったということは、シシィは既に他のアルファとつがいになっていたのだろう。だから迷宮で発情期に入っても魔物が殺到しなかったし、この年まで発情期に気づかなかったのだ。

だが、いい。シシィさえ了承してくれれば奪い取る。そもそもシシィは自分の婚約者なのだ。

シシィの返答は早かった。

「やです」

「シシィ」

ラージャが顔を上げると、シシィがぱっと壁際まで後退る。

「何ですか。また押し倒す気ですか」

頑《かたく》なな態度にラージャの耳がしおしおと倒れた。

「子がいるのに、乱暴はしない。だからそう、警戒するな」

「僕が孕んでいるって気づかなければする気だったんでしょう？　すぐ隣の部屋に弟たちもルドラさんもいるのに！」

返す言葉もなかった。

枕を盾のように抱き締めたシシィに上目遣いに睨みつけられ、ラージャはしっぽの先を丸める。

「すまない。だが、おまえのにおいを嗅いだらどうにも――」

「そうですよね。僕が悪いんですよね。僕がオメガで、においでラージャさんを誘惑するから」

こんなつんけんした態度のシシィなど見たことがなかった。

「落ち着け、シシィ。その子は俺の子なのだろう？　それならば責任を取りたい。どうか――」

精いっぱいやわらかな声を作ったのに、シシィの目元に盛り上がったのは大粒の涙だった。

「疑ったくせに責任なんか、取らなくてもいいですっ。あなたとなんか、絶対に結婚なんかしません！　出てってください。出てってって！」

「シシィ……っ」

枕が投げつけられる。それでもラージャが出ていかないと見て取ると、シシィは呪文を唱え始めた。

「風よ……っ」

室内にぽこぽこと光の玉が浮かぶ。空中を満たす敵意に、しっぽの毛がちりちりと逆立った。

これではとても会話などできそうにない。

ラージャは立ち上がった。

「シシィ、日を改めてまた来る。俺たちの子どもについてはまたゆっくり話をしよう」

それだけ言って素早く部屋を出ると、閉じたばかりの扉が背後でけたたましい音を立てて揺れた。

息を潜めてラージャが出てくるのを待っていた子どもたちとルドラがしっぽの毛を逆立てる。いつの間に来たのか、チャリタまでいる。

「うわ。兄上、血だらけじゃありませんか！　すごい音が聞こえましたけれど、一体何をやらかしたんですか？」

ラージャは拳で口元を拭い、顎まで血が垂れていたのに気がつき顔を顰めた。

「――ちょっと怪我をしただけだ。帰るぞ」

「兄上っ⁉」

大股に部屋を横切り外へと出るラージャの後を、チャリタを抱いたルドラが慌てて追い掛ける。『豊穣の家』の前に馬車が停めてあったが、ラージャはかまわず傍で草を食んでいた愛馬に跨《また》がろうとした。

「待ってください、兄上！　手当てもせずにどこへ行く気ですか！」

「どこだっていいだろう」

どこに行くかは決めてなかった。気が晴れるならどこでもいい。迷宮に潜って竜種あたりを狩りまくりたいところだが、ちょうどいい魔物が棲《す》む階層まで行くのに何日もかかる。あえて安酒場にでも行って、柄の悪い連中を挑発して殴りあいでもしようか――というところまで考えたところで、腰布を引っ張られた。反射的に振り払おうとしてラージャははっとする。腰布の膝の辺りを摑んでいるのが姪の小さな拳だということに気がついたのだ。

「チャリタ？」

「うわああああああん」

いきなり大声で泣きだした姪に、ラージャは困惑した。弟夫婦によって小さな淑女として完璧に育てられつつあるこの可愛い姪は、滅多にこんな風に手放しで泣いたりはしないのに。

「こんなにちがでてるのに、いっちゃだめえええ！　ゔぃはーんおじしゃまが、しんじゃう！　しんじゃうからあああ！」

ラージャは鐙《あぶみ》に掛けていた足を下ろした。すかさずルドラにチャリタを抱かされ馬車へと押しやられる。

「今日はもう、馬は駄目です。兄上も馬車に乗ってください。じい。兄上の手当てを」

御者台に座っていたプラディープ老が、吸っていた煙草を消しながら眉を上げた。

「かしこまりました。それにしてもぼっちゃま、随分と男前になりましたな」

長身を折り曲げ窮屈な馬車の中に納まると、腹にチャリタが両手両足でしっかりと抱きつき、しっぽまで足に巻きつけてくる。

布を濡らしてきたプラディープ老が、正面を向いたままのラージャの頬と口元の血を注意深く拭き取り、こめかみの傷に包帯を巻いた。ついでに涙でべたべたになったチャリタの顔も綺麗に拭く。

「それで、何があったんですか、ぼっちゃま。ぼっちゃまが到着された時には捕り物は終わっていたとお聞きしていましたが、なぜこんなに血だらけに？」

「シシィに殴られた」

端的な言葉に、プラディープ老はどこか楽しげに首を傾けた。

「はて」

説明が必要なことに気がついたルドラが、つい先刻判明した事実をまくしたてる。

「じい、驚け。ここの子たちの育ての親が何とラーヒズヤ卿だったんだ。そして、兄上の婚約者がシシィだった！」

「ほう、シシィさまが婚約者。それはようございました。気に入られておられたのでしょう？」

「え、本当に？　まあ、前回ここへ来た時、態度が違うような気がするなーとは思っていたけれど」

ラージャは考え込む。

――自分はどんな態度を取っていたろう。

「シシィは、孕んでいた」

「えっ、誰の子ですか⁉」

反射的に手が伸び、ラージャは気がつくと片手でルドラの喉元を絞め上げていた。姪の顔を空いている方の腕でそっと胸元に押しつけつつ、噛んで含めるように言う。

「私の子に、決まっている」

「そうなんですか？」

ついでに頭を撫でてやるとチャリタは嬉しそうに耳をぴくぴくさせた。

「ぼっちゃま、そんな言い方をされては、わかるものもわかりませんよ。さあ、手を離して」

枯れた手が穏やかにラージャをルドラから引き剝がす。

「それで、どうなさるおつもりですか？」

ラージャは姪の耳の間を掻いてやりながら考え込んだ。

どうしようか。

結婚し、名実共に自分のものにしたいが、シシィは怒っていた。無理もない。ラージャでさえルドラに疑われた際、全身の血が沸騰するほどの怒りを覚えたのだ。

詫びなければ。それから改めて求婚する。しかし。

「そもそもシシィは私をどう思っているのだろう」

オメガのにおいにあてられたとはいえ、迷宮の中におけるラージャの振る舞いはとても褒められたものではなかった。逃げ場がなかったから嫌々相手をしていただけで、内心ではラージャのことなど殴りたいほど厭だと思っていた可能性は高い。

俯き、片手でこめかみの辺りを押さえたラージャに、ルドラがふはっと笑う。

「兄上が他人にどう思われているのか気にするなんて……！」

憮然とするラージャにプラディープ老まで目元を緩めた。

「そうですな。公爵さまに探索者になりたいなどまかりならんと叱られた時も平然と屋敷を抜け出して迷宮に潜ってしまうような方の、斯様《かよう》に殊勝な姿を見られるとは」

「仕事を押しつけて雲隠れしても、泣き言を言うでもなく淡々と仕事をこなしちゃうから、父上がむすっとしてしまったくらいなのに」

「ルドラ、じい」

こんな時にからかわれたくなどない。文句を言おうとした時、小さな手に頬を挟まれた。

「うぃはーんおじさまはぁ、ししーがだいすきなのね？」

邪気のない笑顔に、ラージャが僅かに怯む。

「好き？　私が？　シシィを？」

「だからけんかして、かなしかったんでしょ？」

こてんと首を傾げたチャリタはこの上なく愛らしい。

――私は、哀しかったんだろうか。

そんな単純なことではないと思っていたのだが、チャリタの言葉はすんなりとラージャの胸に納まった。

突きつめれば、そういうことなのかもしれない。

求婚したのに拒絶されて哀しかったし、それも全部オメガであるシシィの責にする気だと決めつけられたのも哀しかったし、乱暴をする気だと思われたのも哀しかった。

ラージャはどうでもいい人間に何を言われようが、頓着《とんちゃく》するような獣人ではない。それなのに哀しくなってしまったのは、チャリタの言う通り、シシィを『好き』だったから――？

じわじわと軀が火照《ほて》ってくる。

「そうか……そうだったのか……」

――私はシシィが『好き』だったのか。

好きとか嫌いとかそういう観点でラージャは物事を考えたことがなかった。必要がなかったからだ。結婚する相手はとっくに決まっている。幼少時からラージャの夢は探索者となって迷宮を踏破することだった。いずれピリオドを打たねばならないとわかっている婚約者以外との恋愛にかまけるより、魔物と戦う術《すべ》を身につけ己を高める方がよっぽど大事だったから恋などしたことがないし、それで不足を感じたこともない。

だから、気がつくのが遅れたのだ。

他の探索者と迷宮に潜って欲しくない、とか。

弟たちの装備を揃えるために利用されていただけだなんて悔しい、とか。

そういう風に考えてしまうのは、シシィにとって自分が特別な存在であって欲しいからだったのだと。

――これはますます気を入れてシシィを口説き落とさなければならない。

「ようやく自覚されて、ようございました」

プラディープ老が笑って扉を閉め、御者台へと上る。ラージャは間にある小窓を開け、会話を続けた。

「そのようだな。だが、どうしたらいい？　私はこれ以上ないくらいシシィの機嫌を損ねてしまった」

「なかなおり、したいの？　ならまず、ごめんなさい、しなきゃ」

話を理解しているのかいないのか、チャリタがラージャの胸元にぐりぐり頭を擦りつけながら口を挟む。

「お嬢さまのおっしゃる通りです。真心を込めて話されれば、きっと想いは伝わりますぞ」

「物を投げつけるほど激昂していたのに、話を聞くだろうか」

常になく感情的だったシシィの様子を思い起こしつつ呟くと、プラディープ老があぁと頷いた。

「オメガも、子が腹にいる間は女性と同じように情緒不安定になるものだとか。シシィさまもそのせいで気が立っておられたのでしょう」

「妊娠のせい、か」

そのせいで求婚も断られたのだろうか。

――それならばいいが……。

ラージャの馬を馬車に繋いできたルドラが反対側の扉から乗り込んでくる。プラディープ老が手綱を取り、一行は帰途についた。遠ざかる『豊穣の家』を見つめ、ラージャはしっぽの先で眠くなるようなリズムを刻む。シシィのことを想いながら。

◇　◇　◇

馬車の音が聞こえなくなると、シシィはのろのろと毛布を引っ張りくるまった。何をする気にもなれなくて、横になったままぼーっとしていると、扉の開く音がする。

「ししー？　だいじょうぶー？」

湯気の立つカップの載った盆がそろそろとベッドの上に差し出され、シシィは微笑んだ。

「大丈夫だよ」

「らんぼー、されてないー？」

シシィはベッドの縁に肘を突きみかん色の耳をぴこぴこさせたドゥルーブと、コップを挟んで向かいあう。

「……ラージャは僕を傷つけたりしない」

「ばーんっておと、どうしたのー？」

「僕が投げたんだ。色んなものを。無性に頭に来ちゃって」

ドゥルーブの隣にぴょこりぴょこりと耳が生えてゆく。白い耳に茶トラの耳。手を伸ばして耳の間を撫でてやると、くりくりとした目までベッドの上に出てきた。

「ひどいこと、ゆわれたのか？」

「ううん。でも、結婚してって言われて」

幼な子たちの耳が一斉にぴんと立つ。

「それで、なげたの？　やだったから？」

シシィは首を振った。横向きのままなのでさらさらと髪が流れ落ちてきて、顔が半ば覆われてしまう。

「やじゃなかった……」

すごく、すごく嬉しかった。

でも、だからこそ絶望した。

ラージャは子ができてしまったから責任を取ろうとしただけで、シシィのことを好きなわけではないのだ。

——恋をして。慈しみあった末に子ができたなら、どんなに幸せだったことだろう。子の生まれてくる日を指折り数えて待ち望んで、生まれたら、愛して、愛して、愛して。自分はそんな風には愛してもらえなかったから。

もし自分に子ができたら、幼い頃に夢見た通りの親になりたかったのに。

ぽたりと落ちた雫がシーツの色を濃くし、幼な子たちがざわめいた。

「ししー、ししー、らいじょーぶ？」

「なかないで、ししー」

いつの間に忍び寄ってきていたのだろうか。わらわらとベッドの上によじ登ってきた弟たちに抱き締められたら余計に哀しくなってしまい、シシィはしゃくり上げる。

もう大人なのに、こんなことくらいで泣くなんて恥ずかしいのに、涙が止まらない。

「ししー」

ラージャのぬくもりが恋しい。

腹の子に縋るようにシシィは軀を丸める。

こんなつらい思いをするくらいならば、ラージャとなんか会わなければよかった。あるいは乱暴に陵辱してヤリ捨ててくれたならよかった。そうすればつらい思いはしても一時だけ、こんな淋しい思いをせずに済んだのに……。

小さな手が、頭を、背中を撫でる。その夜、シシィは狭苦しいベッドの中、子どもたちに囲まれて眠った。


前日ガリの店から引き取ってきた弓とナイフ、それから新たに買い揃えた調味料に下拵え済みの食材、水石《アクアロック》や火石《コール》を種類ごとに詰めた壺《つぼ》に着替えに予備のブーツにちょっとした甘いものなどなどを魔法で見えない空間に収納すると、シシィはおじいちゃんの形見のナイフをベルトに下げた。外套を羽織ると、黙って支度する様子を眺めていた幼な子たちの表情が引き締まる。

「いってくるね」

シシィがやわらかな笑みを浮かべると、幼な子たちの耳が一斉にぴくっと揺れた。

「いってらっしゃーい」

「はやくかえってきてねえ、ししー」

ガルー迷宮から帰還してちょうど一ヶ月が経ち、ラージャから言い渡されていた休養期間が終わった。あの後、ラージャの求婚者たちから取り立てたという慰謝料が届けられたが、それだけだ。

公爵家からもラージャからも、ジュールからも特に連絡はない。予定通り迷宮に潜るかははなはだ疑問だったが、シシィはとりあえず装備を揃えて門へと向かった。すっぽかされるかもしれないが、ラージャとの探索は他の誰と組むより実入りがいい。パーティーを解散する前に、稼げるだけ稼ぎたい。

いつもと同じように門前でラージャを待っていると、時折通り過ぎる探索者が声を掛けてくれる。かつては知った人など皆無だったが、今は違うのだ。

――大丈夫。僕はここで生きてゆける。

アブーワに来てからの変化を噛みしめていると、ラージャが何事もなかったかのように現れた。

「こ……こんにちはっ」

元気に挨拶して、この間の一件など何も気にしていないことを示すつもりだったのに、力が入りすぎて空々しくなってしまう。ラージャは立ち止まりもせず顎だけ引いた。

「行くぞ」

「……はい！」

相変わらず歩くのが早い。背が高くて足も長いせいだ。シシィは小走りに後を追う。予定では、今回は一週間、アブーワ迷宮で過ごす。その次は二週間。徐々に期間を伸ばしていって休養の間に鈍った勘を取り戻したら、いよいよ最深部へと挑む予定だ。――いや、予定だった。

――迷宮の底を目指してみたかったけれど、赤ちゃんがいるのに無理はできないもんね。

危ないと思った時点でシシィは、ラージャには悪いけれど迷宮から離脱するつもりだ。赤ちゃんだけではない、『豊穣の家』では幼な子たちも待っている。普通の子たちに比べ遙かに早熟とはいえ、彼らをもシシィは守らねばならない。

買い取りカウンターと売店の喧噪の間を通り抜け、迷宮の入り口へと至る。階段を下りながらシシィは外套の前を閉じ、ナイフを下げたベルトを締め直した。昇降機に乗って十五階層まで降り、更に下へと降りる階段へと向かう。階段のある場所はまちまちで、遠く離れた場所にある場合も多い。移動に時間を取られれば、どんなにいい獲物がいたところで割に合わない。たった数階層下りるだけで探索者たちの数はぐんと少なくなった。

人気《ひとけ》のなくなった洞窟を、次の階層目指して歩いていると、それまで怒ったような顔で唇を引き結んでいたラージャがぼそりと言った。

「この間は、すまない」

「え」

あんまりびっくりして躓いてしまったシシィを、ラージャがひょいと腕を伸ばして支える。シシィはちょうど胸の前に突き出された腕に摑まって、ほうと息を吐いた。

「あっ、ありがとう、ございます……。それより、どうしたんですか、急に」

「ちゃんと説明しておかねばいけないと思っていたのだ。俺は自分が腹の子の種であることを疑ってない」

「ああ……大丈夫、気にしてません。だって、しょうがないです。僕はオメガで、いるだけでアルファを誘惑してしまうんだから」

シシィがちゃんと自分の足で立ち、先へ進もうと促すが、ラージャはその場で立ち止まったまま動こうとしない。

「ラージャ？」

「他のアルファを誘惑したことがあるのか、おまえは」

「ないですけど……オメガって、そういうものでしょう？」

「だが、おまえは違う。ならばちゃんと怒っていい」

大きな掌がシシィの頬に当てられた。柘榴色の双眸に見つめられ、かあっと軀が熱くなる。

――え？　何これ？　一体何が起こってるわけ……？

よくわからないけれど、とにかく勘違いしてはいけない。

シシィは無理矢理笑みを作ると、ラージャを追い越して歩きだした。

「それより、僕こそ申し訳ありませんでした。あの時は何というか、虫の居所が悪くて。物を投げつけたりして、ごめんなさい」

「いや。己を抑えられなかった俺が悪い。あの日のことを、その、許してくれるか？」

ぎこちなく乞《こ》われ、きゅんときた。

ラージャはいつも最低限しか喋らない。それなのに今日はやけに口数が多い。シシィと和解したいからだ。つまり、赤ちゃんのことを知ったせい。

――気にしなくていいのに。結婚を迫るつもりなんて、ないんだから。

「ラージャさんが許してくれるなら。おあいこってことで」

「そうか」

低い声が心地いい。だが、続いてラージャが口にした言葉に、シシィの心臓は大きく跳ねた。

「では、もう一度考えてみてくれ。俺との結婚を」

「ええと、それは」

また求婚された嬉しさに、心がふわふわ浮かび上がりそうになる。でも、お義理で結婚してもらいたくなどない。

「この子は僕たちだけで育てるってもう決めたんです」

全力でつんと突き放すと、ラージャに静かに言い返された。

「俺もおまえと結婚すると決めている」

「決めたって、駄目です」

「シシィ。俺が嫌いか」

嫌い……？

シシィは瞳を揺らした。

これまで、この人の頭の中には迷宮のことしかないのだと思っていた。その手の話については嫌悪している風ですらある。

でも、こういう質問が出てくるということは、ラージャの中で何かが変わってきたのだろうか。

――結婚はしないけど。

「シシィ」

背後から剣を抜く音が聞こえる。

振り返るとラージャが抜き身の剣を手にしていた。求婚に応じようとしないからだろうか。ぎょっとして及び腰になったものの、柘榴色の双眸が自分を見ていないことに気がつきシシィははっとする。

まさか――。

「シシィ、可能なら火を」

ラージャが地を蹴ると、風が起こった。

上半身を低くし猛然と走りだしたラージャの向かう先に魔物が五匹もいる。シシィは愕然とした。

――全然気づかなかった……！

急いで手を翳し、集中する。魔物は狒々《ひひ》のような姿をしていた。このタイプの魔物は知能が高いことが多い。跳躍したラージャが壁を蹴り恐ろしい早さで端にいた一匹を斬り殺したのと同時に火の玉を放ち、反撃に移ろうとしていた四匹の機先《きせん》を制する。

弾けた火炎に魔物たちが怯んだ一瞬のうちに、反転したラージャが目にも止まらない早業で二匹目、三匹目を斬り捨てた。せめて一匹くらいは仕留めようと魔法を放つタイミングを窺うも、四匹目、五匹目もラージャによって屠られてしまう。

「あの……すみません……」

魔法を放つため翳された手が虚しい。

決まり悪そうに手を下ろすシシィに、魔物の死骸のただ中に立つラージャが首を傾げた。

「なぜ謝る。欲しいと思った通りの時に、欲しいと思った通りの場所に魔法が来た。おまえと一緒に戦うのは、これまでに組んだ誰とより心地いい」

ラージャが仕留めた魔物をすべて魔法具に収める間中、シシィは立ち竦み、ぶるぶる震えていた。

色々あったが、シシィは探索者としてのラージャのことは認めている。シシィが一番だと思う探索者はおじいちゃんだが、現在活躍している探索者の中ではラージャは最高といってもいいだろう。そのラージャに、これまでに組んだ誰とより心地いいと褒められた。

――嬉しい。

喜びのあまり心臓がぱーんと破裂してしまいそうだ。

「シシィ？　どうした。具合が悪くなったか」

すっかり後片づけを終えたラージャの眉間に皺が寄る。そうしてようやく我に返ったシシィは小走りにラージャに追いついた。

「いえ……っ、大丈夫です」

「そうか。何かあったらすぐ言え。もう二階層下りたら一旦移動はやめ、狩りに集中する」

肩を並べて歩き始める。ラージャの方が随分と背が高いから、顔を見て話をしようとすると頭を仰け反らせなければならないのがちょっとつらい。

「二階層下ってことは……大爪蟹《ジャイアントクラブ》、ですか？　肉が美味しい魔物ですよね」

右の鋏が大盾ほどもある巨大な蟹の形の魔物は味も地上にいる蟹と似ているらしい。その肉はぷりぷりで何とも言えない香気を放つというが、シシィはもちろん食べたことがなかった。産出量が少なく、高級料理店の間で奪い合いになっている状況だからだ。地上で食べようとしたら金貨が何枚いるか知れない。

「ああ。あれは美味いだけでなく滋味豊かで、病人や怪我人に与えると回復が目に見えて早くなる。つわりになっても食べられなくなるということがないから、食の細った妊婦にもいい。腹の子も元気になるらしい」

「え……」

まさかラージャはシシィのために、そこでの狩りに力を入れようというのだろうか。

「店で食べようとすれば高価だが、自分で狩れば『タダ』だ。おまえの弟たちもきっと喜ぶ」

「今日はもっと深い階層まで行く予定でしたよね」

借りを作りたくなくて抵抗すると、ラージャは片手で無造作にシシィの髪を掻き回した。

「パーティーリーダーは俺だ。どこで狩るかは俺が決める」

横暴だ。でも、外套の裾に覗くしっぽの先が緊張しているということは、やっぱりこれはシシィのためなのだ！

「——五匹は狩ってくるよう頼まれている。協力しろ」

申し訳程度につけ足された言葉が本当かどうかなんてわからない。しかし、シシィは小さく頷いた。

できるだけ戦いを回避しつつ、二階層下る。大爪蟹の甲殻は硬い上、火魔法も氷魔法も使えない。肉の味が変わってしまうからだ。

「風よ！　夜になったら大爪蟹のお料理を捧げさせていただきますので加護を！」

精霊魔法で力と早さを上げ、関節部分を狙う。大爪蟹は階層の割に狩りにくい魔物として知られているが精霊の助力を得たラージャとシシィの敵ではない。戦いの気配を嗅ぎつけ次から次へと集まってくる大爪蟹を魔法を使った収納が追いつかない勢いで倒していたのだが——。

「ひゃっ」

ちょうど大型の個体の陰に隠れていた大爪蟹が絶妙なタイミングで突き出してきた鋏に外套を引っ掛けられ、シシィの軀が宙に浮いた。足をばたつかせナイフを振り回すが、大爪蟹に届かない。

「わ、わ、わ……っ」

無防備にぶら下げられたやわらかな肉の塊に大爪蟹たちの鋏が迫る。

――どうしよ……っ、そうだ、魔法……っ！

焦るあまり、魔法を使えることを忘れていたシシィがようやく手を翳そうとした時だった。目の前の大爪蟹の鋏を支える関節が砕けた。

「ラージャさ……っ！」

何てしなやかに跳ぶんだろう。

ラージャの長身が巨大な甲殻を蹴り、密集した大爪蟹たちの間を踊る。がしゅっという小気味よい音が連続し、無力化された魔物たちがくずおれた。最後に外套を摑まえている大爪蟹の頭に剣が食い込み、シシィの軀が投げ出される。

「ひゃ……っ」

ごつごつした地面に叩きつけられることを覚悟し、シシィは全身に力を込めた。

――赤ちゃん……っ。

気をつけていれば大丈夫なんて、甘かった。そう高い場所ではないが、落下した衝撃が胎《はら》の子に障りはしないだろうか。もし赤ちゃんが流れてしまったりしたら自分のせいだ――なんて考えてしまったけれども。

シシィを受け止めたのは、固い地面ではなく、ラージャの腕だった。少し遅れて、両手を空けるため放り出された剣ががしゃんと音を立てる。

――剣！　命を預ける道具だからって、ラージャさん、凄く大事にしていたのに……。

横抱きにされたまま、シシィはラージャの精悍な横顔を見つめる。

どうしよう、胸がドキドキする。そんな場合じゃないのに。

柘榴色の双眸は油断なく周囲を薙《な》いでいる。周囲にはまだまだ大爪蟹が詰め掛けていた。ラージャの意識は既にシシィではなく大爪蟹へと向いている。戦いの最中なのだから当然なのに、何だか切なくて、自分からラージャの腕の中から下りようとした時だった。ラージャがひょいと背中を丸め、シシィの額にキスした。

「……っ」

「立てるか。下ろすぞ。しばらくここにいろ」

そっと地面へと下ろされる。周囲には倒したばかりの大爪蟹の死骸が防波堤のように聳え立っており、しばらくの間なら攻撃をしのげそうだ。

ラージャが愛剣を拾い、跳躍する。

大爪蟹の躯の上に立ち、なおも増えつつある魔物に斬りかかってゆく姿はまさに英雄譚そのもので。

――うわあ。うわあ、うわあ……！

この人はこんなにかっこよかっただろうか。大爪蟹の中に飛び込んでゆく刹那、しなったしっぽにすらぞくぞくしてしまい、シシィは両手で顔を覆った。込み上げてくる熱い感情をやっとの思いでやり過ごす。

それからシシィもナイフを手に立ち上がった。死骸の間から戦況を見極め、いつ果てるともわからない戦闘に加わる。

戦って戦って戦って。何度か精霊魔法を掛け直して。百匹近く倒したところでようやく新たな大爪蟹は現れなくなった。しんと静まり返った広めの洞窟は死屍累々《ししるいるい》、大爪蟹の死骸で地面が見えないくらいである。

二人で分担して巨大な死骸をしまい込んでゆく。全部片づいたところで、少し早いが今日はもう仕舞いにすることに決め、シシィは調理器具を取り出した。ラージャが魔物避けにオアシス産の肋骨を設置している間に精霊に約束した供物を捧げるため、大爪蟹の一匹を解体し、ぶつ切りにした肉を鍋に投げ込んでゆく。野菜と穀物を加えてぐつぐつ煮込んで調味料を一振り。出来上がった料理を取り分け祈りを捧げると、ふわんふわんと空中に生まれた光の玉が器の縁に止まった。

「ラージャさんもどうぞ」

精霊が供物を受け取ってくれたことにほっとしたシシィは別の器を二つ取り出し、まだ鍋に残っている料理をよそう。こくりと頷き器を受け取ったラージャは、スープを一匙《ひとさじ》口に運ぶと、溜め息をついた。

「美味い」

「よかった！」

シシィもまずスープを啜ってみる。味つけなどほとんどしていないが、蟹肉の出汁が効いている。前評判通りの上品な香気がたまらない。汁を吸ってふっくら膨らんだ穀物も美味だ。夢中で食べていると、ラージャがつと器を置いて身を乗り出してきた。

「あの……？」

何だろう。

全身を緊張させていると、ラージャがシシィの外套を摘まんで引っ張った。

「破れている」

「あ、本当だ」

外套に破れ目ができている。大爪蟹の鋏にやられたのだろう。

「換えは」

「ないですけど、これくらい大丈夫です」

強がりではなかった。本当に大丈夫だと思ったのだ。

だが、いざ寝る段になると、『これくらい』では済まないことにシシィは気がついた。

寒いのだ。ほんの少し切れただけなのに、外套の保温効果自体がなくなってしまったかのように。

夜になった頃から気温は徐々に下がり、今では息が白いくらいになっている。これではとても眠れないと起き上がろうとした時だった。軀の上があたたかなもので覆われた。ラージャの外套だ。

「ラージャさん？」

ラージャはシシィの傍らに片膝を立てて座っていた。靴を脱ぎ、裸足になっている。武具を外し緩められた服の胸元から覗く膚に心拍数が上がった。

「寒いと胎の子に障る」

ラージャにはこうなるとわかっていたのだろうか。

「でも、これを借りてしまったらラージャさんが寒いです」

「俺は何とでもなる」

「ラージャさんに寒い思いをさせて、眠れるわけないです」

ふわっと掛けられただけなのに、外套はあたたかかった。くるまっていたいのはやまやまだが、そんなことはできない。返そうとすると、ラージャは口元に薄く笑みを浮かべた。

「では、こうしよう」

ばさりと、外套が翻ると同時に抱き寄せられ、心臓が一瞬止まる。

シシィをしっかりと抱き込むと、ラージャは二人まとめて外套にくるんだ。

「だ……だ……だ……だめ……っ」

服越しに滲む体温に狼狽えもがこうとすると、ラージャが更に強く抱き締めてくる。

「暴れるな。何もしない。こうやって暖を取って眠るだけだ」

確かにあたたかい。むしろ、暑いくらいだ。心臓は早鐘のようだし、そんなつもりはないのに、軀の芯まで火照ってくる。

――ラージャさんのにおい……っ。

「駄目です。こんなことされたら、ドキドキしてとても眠れません」

「それはよかった」

「眠れないって言ってるのに、何がいいんですかっ」

睨んだら、ラージャの顔を至近距離で見ることになってしまい、シシィは内心で狼狽えた。普段は縺れるに任せている黒髪のせいで荒っぽい印象があるが、ラージャの顔は男らしく整っている。いつの間にか過酷な迷宮生活による膚荒れもなくなっていた。

――この人……何で……何でこんなに綺麗なの……⁉

「俺を意識しているということだからだ。――結婚してくれ、シシィ」

「――――っ」

シシィは無表情ながら期待に耳をぴくぴくさせている男を睨みつけると、もぞもぞと軀を反転させた。ラージャに背を向けられてほっとしたのも束の間、腹に腕が回され、背中が胸板につくほど引き寄せられる。

「迷宮を出るまでまだ時間はある。返事は急がない」

「その件についてはっ、お断りしたはずですっ」

「俺と結婚するのは悪くないぞ。俺には金も地位も名誉もあるらしいからな。おまえと子どもはもちろん、弟たちにも不自由はさせない。必要ならどんな装備も用意してやろう。数本分なら竜骨も持っているぞ」

「竜骨……っ」

シシィは奥歯を噛みしめた。弟たちのためにも喉から手が出るほど欲しいが――物で釣ろうとするなんて、何て卑怯な男なのだろう！


翌日からは地獄だった。断っても断ってもラージャが求婚してくるのだ。甘い言葉とは無縁だったのであろう男の言葉はぎこちない分、真摯《しんし》で何ともくすぐったい。それ以上に困ったのが、ラージャが移動中、シシィの戦い方についてあれこれ言うようになったことだった。駄目出しするだけならいいのだが褒めてくれることも多く、そのたびにシシィの心はふわふわと浮き立った。世辞ではないことがわかるからだ。こと戦いについて、ラージャは嘘を言わない。

もう聞きたくないと言ってもラージャは黙らないし、迷宮の中では逃げる場所もない。魔物が出てくるたびに鬱屈をぶつけているせいだろうか、戦闘は極めて順調だが、探索を終える前にシシィの心が折れそうだ。

――段々、何で求婚を断ってるのかわかんなくなってきた……。

そして、夜である。

一つの外套にくるまりラージャに抱き込まれるたび、シシィの中はとろとろと潤った。

――どうしよ。えっち、したい……。

ラージャの体温を感じるたび、膚を吐息が掠めるたび、シシィの軀は狂おしいほどに燃え上がってしまう。だが、ラージャは体温を分け与えるため引き寄せる以外、シシィに触れてくれない。

――ガルー迷宮では夜が来るたび、あんなに求めてくれたのに……。

じりじりしているうちに目標の階層に達してしまう。肝《きも》が貴重な霊薬の材料になるという魔物を依頼された数だけ狩ると、二人は帰途についた。欲しいものは往路であらかた狩っている。必要のない戦闘は回避するようにしているので、進行は早い。

地上に戻ったらもうこんな風にくっついて寝ることはない。流されるなら、今が最後の機会だ。

自分の腕を枕に眠るラージャの腕の中、背を向けて横たわっていたシシィはそろそろと軀の向きを変えた。向かいあわせになると、すぐ目の前にラージャの顔がある。しばらく迷っていたもののとうとう我慢できなくなり、シシィは少し伸び上がってラージャの唇に己の唇を重ねた。

次の瞬間、眠っていたはずの男にのしかかられた。

「ん……っ、んんっ！」

上になった男が歯の隙間から舌をねじ込み、好き勝手にシシィの口の中を蹂躙する。

――あ、ん。気持ちい……。

怒る暇もなかった。久しぶりに与えられた愛撫に酔わされる。

膝が勝手に立ち、男の腰を挟み込んだ。兆し始めた性器を無意識に押しつけながら、シシィははふ、と息継ぎする。

――して。もっと。口の中だけでなく胎の中まで掻き回して。滅茶苦茶にして……！

だが、ラージャは満足すると、キスを解いてしまった。それ以上のことをしようとする様子はない。シシィは恨みがましい目をラージャに向けた。

「寝たふりしていたんですね。ずるいです……」

「寝込みを襲う方がずるいと思うが」

にこりともせずそう言うと、ラージャはシシィの前髪を掻き上げキスした。

「いいかげん、俺と結婚すると言え、シシィ」

シシィは唇を尖らせる。

「……やです」

「では、なぜくちづけた」

シシィは黙り込む。好きだからだなんて言えない。

「どうしたら俺と結婚する」

「どうしたってしません。ラージャさんは、オメガのにおいに酔っているだけなんでしょう？　えっちして、孕ませたいというアルファの本能に従っているだけ」

「違う。疑うなら……そうだな。おまえがしたいと言うまで、俺はおまえを抱かない」

「何、それ……」

シシィは唇を嚙む。ここまで煽《あお》っておいて、何てことを言うのだろう。無理矢理犯してくれればいいのに――と劣情に霞《かす》んだ頭で考えかけ、シシィは首を振った。駄目だ。ここには赤ちゃんがいる。そしてこの男のモノときたら、腹を突き破られるのではないかと思うほど大きい。前みたいに一晩中激しく求められたら、何が起こるかわからない。

黙り込むと、ラージャはまたシシィを引き寄せ眠る体勢に入った。だがもちろん眠れるわけがなく、シシィは昂ぶってしまった軀が鎮まるのを待つ。どこで間違えてしまったのだろうと思いながら。

――アブーワに来なければよかったのかな。できればアブーワには行きたくないと、最初から思っていたのだし。

アブーワに来たくなかったのは、もちろん婚約者がいるからだった。シシィが三歳の時におじいちゃんが決めたらしいお相手は、アブーワの公子さまだという。

全部本当だったらいいなと思わないでもなかったけれど、シシィには身の回りの世話をしてくれる使用人もいないし暮らしているのは山の中だ。きらきらした御殿に迎え入れられる夢は歳を経るにつれ、現実感を失っていった。

そもそもおじいちゃんは本当に『始まりの街』の公爵さまと知りあいなのだろうか。幼い頃、色んなお屋敷を訪ねた記憶がぼんやりと残っているけれど、イシに移り住み孤児を引き取るようになってからは訪ねてくる人とていない。もちろん公爵さまの使いなど来たことがない。

おじいちゃんはなぜかシシィをオメガだと思っていたみたいだけど、シシィは女性でもオメガでもない（と、当時は信じていた）。公子さまが婚約してくれたということからしておかしい。

おじいちゃんには結婚できる歳になったら公子さまに会いに行こうと言われていた。その時がくればこの夢のような話が本当かどうかわかる。憧れの迷宮都市を見るのも楽しみで、シシィは指折り数えてその日を待っていたけれど、あと一週間でアブーワに出立するという時にイシが未曾有の嵐に襲われ、おじいちゃんは小さい子たちを助けるために死んでしまった。

哀しかったけれど、泣いている暇なんかなかった。おじいちゃん亡き今、一番の年上はシシィだ。シシィがおじいちゃんの代わりに幼な子たちを守らなければならない。

でも、シシィにおじいちゃんの代わりなんて全然務まらなかった。

細々と耕していた畑は流されてしまったし、狩りもうまくいかない。おじいちゃんが残してくれた蓄えは減る一方で、一年ももたないのが目に見えていた。

その上、小さな子たちの夜泣きがシシィを苦しめた。だっこしても泣きやんでくれない子どもたちの泣き声は己のふがいなさを責めているよう。何もかも投げ出したくなった時、年嵩の子たちが言ってくれた。

予定より遅くなってしまったけれど、アブーワに行こうと。

考えてみれば他に選択肢はなかった。アブーワは豊かだ。他の迷宮都市は数年で活気を失い消えてゆくけれど、アブーワ迷宮はいまだ攻略されず成長し続けている。もはや攻略は不可能ではないかといわれているアブーワには他では見ないような強い魔物が出る代わりに産出される素材もとびきり上等で、これからも栄えてゆくに違いない。そしてアブーワを治める公爵さまは慈悲深く、孤児や流民にも手を差し伸べてくれるらしい。その分、迷宮で毎年大勢が死んでゆくのだけれど。

公爵さまに直接援助を乞うことも考えたもののやめた。彼らが自分を待っているとは思えなかった。

きっと期日にシシィが現れなかったことで婚約などなかったことになっている。だから、迷宮で発情期を迎えた時も、かすかに罪悪感を覚えなくもなかったけれど、シシィはあっさりラージャを受け入れたのだ。

シシィを待っている人などいない。誰に何をされたところで気にする人などいない。それに抱かれればその間だけは、おじいちゃんがいなくなってから消えないこのどうしようもない淋しさを忘れられる気がした。

確かに膚を合わせている間は何もかも忘れることができたけれど、終わったらもっと淋しくなってしまったのは誤算だった。


地上に戻ると、いつものように金貨を等分に分けラージャと別れた。大爪蟹は直接高級料理店に持ち込んだ方が高く売れると教えられたので、行ってみる。若くひょろりとしたシシィが裏口をノックすると、見るからに上品な制服に身を包んだ店員はうさんくさそうな顔をしたけれど、外套の下から大爪蟹の鋏を一つ出して見せると顔色を変えた。案内された調理場で天井につかえてしまうほど大きな大爪蟹を一匹丸々出して見せれば太い歓声が上がり、シシィは金貨を二枚貰うことができた。

露店で紅苔桃を一抱え買って、『豊穣の家』に帰る。まだ通りの先にいるというのに、気がついた弟たちがわらわらと出てきて迎えてくれた。

「おかえりー」

「おかえり、ししー」

ぎゅうぎゅうぎゅうと抱きつかれ、ふわんと心があたたかくなる。しゃがみ込んで抱き返すと、ミルクの甘いにおいが幸福感を膨らませた。

◆　◆　◆

シシィと別れると、ラージャは露店で一杯の果実水を求めた。空いていた椅子に腰かけ、喉を潤す。

——参った……。

一週間もあったのに、シシィを口説き落とせなかった。考えうる手はすべて打った。あとは立場を利用し強権を振るうことくらいしか思いつかない。とはいえ、そんなことをしたら、きっともっとシシィの機嫌を損ねてしまうだろう。手に入れたところであの笑顔が失われては意味がないのに。

——脈はあると思ったのだが、気のせいだったか。

あれだけ言葉を尽くして色よい返事を貰えなかったとなればそういうことなのだろう。まったく興味のない男のしつこい求愛など苦痛でしかない。シシィのことはもう思い切るべきなのかもしれない。

「くそ……っ」

しかし、あの明るい笑顔が、自分以外の者に振りまかれることを考えるだけで胸が灼けた。シシィが共にいるのでなければ、あれだけ執着してきた深層の攻略ですら無意味に思える。

——だが、シシィのためだ。終わりにしよう。

父公爵にも言って、婚約は正式に解消する。結婚できなくとも胎の子の父親が自分である事実は変わらない。潤沢な養育費を払ってじいにシシィを託そう。『豊穣の家』の管理者に任命すれば、じいは子を大切に育て、何かあったら必ず自分に知らせてくれるに違いない。それから自分は花嫁を迎える。結びつきが深い他領か王族に連なる姫君か。とにかくこの領地に利をもたらしてくれるならいい。シシィでなければ誰を迎え入れたところで同じだからだ。

ラージャは深い溜め息をつき果実水を呷《あお》ると、足元を見下ろした。すぐ目の前に見たことのある幼な子がしゃがみ込んでいた。

「シシィの弟か。なぜここにいる」

確かくりくりとした大きな瞳でラージャを見上げるこの子は年嵩の三人のうちの一人だったはずだ。

幼な子は、じいっとラージャを見上げたまま答えた。

「ししーのおむかえ」

「……シシィならもう行ってしまったぞ」

「しってる。でも、おれたちだけでまちにでると、ししー、おこるから、おむかえはないしょなんだ」

「そうなのか？　では、街で仕事を探しているという話は」

「ひみつだ。……おまえ、ししーにおしえたりしてないだろーな？」

「ああ」

奇妙に平穏な会話が続く。

「だんじょんで、ししー、ちゃんとげんきにやってたか？　なかせたり、してないだろーな？」

幼な子に念を押され、ラージャは溜め息をついた。

「おい、へんじをしろ、らーじゃ」

「……シシィはやはり、俺のことなど嫌いなのだろうか」

子供相手に何て話をしているのだろう。だが、この子たちならきっとシシィの心情を知っている。そして容赦なくラージャに現実を突きつけてくれるだろう。

「はあ？　きらいってゆったら、あきらめんのかよ」

「……そうしようと思っている。どうしようもない勘違い男にはなりたくないからな」

幼な子は思いきり顔を顰めた。きつく引き結ばれた唇がむずむずと動いている。言ってはいけないけれど言いたい。そんな秘密が軀の中で暴れてでもいるかのように。

とうとう我慢できなかったらしい幼な子が早口に言った。

「おれはおまえなんかきらいだけど、……ししーは、やじゃなかったってゆってた」

「——何？」

幼な子が弾かれたように立ち上がり、声を張り上げる。

「おまえっ、おれたちのししーをきずものにしたんだっ。ちゃんとしあわせにしないとゆるさないんだからなっ」

逃げてゆく。幼な子が。行き交う探索者たちの足元を掻い潜り、矢のような速さで。

——厭ではなかった？　では、私は諦めなくていいのか？

じわじわと胸の奥が熱くなってゆく。

「ようございましたなあ、ぼっちゃま」

ふと気がつくと、傍らにプラディープ老がいて、遠ざかってゆく小さな背中を目を細め眺めていた。

「迷宮を出られたというのになかなか帰っていらっしゃらないので、お迎えに参りました。すぐそこに馬車を待たせております」

「ん。――シシィの弟は男前だな」

「ラーヒズヤ卿とシシィさまの背中を見て育ってきたのですから、当然なのでは？」

「そうか……そうだな」

シシィ。あの若さであれだけの技と知識を蓄えた努力はどれだけのものだったろう。飢えさせないためとはいえ並大抵の覚悟では、二十人もいる幼い弟たちを連れイシ領からアブーワまでやってくることなどできはしない。

ラージャは柘榴色の双眸に獲物を狙う獣のような光を浮かべ、口角を上げた。

「いやでないなら、もう遠慮はしない。手伝え、じい。父上にも協力していただくぞ」

「かしこまりました」

老人が一礼する。

◇　◇　◇

庭先で魔法空間から大爪蟹を取り出すと、弟たちは巨大な魔物の姿に大興奮した。周囲を囲み見物する弟たちの耳はぴこぴこと忙しいし、しっぽはぴんと立っている。

「ししー、おもおてつらい、する」

「おれもっ！　おれも、なにすればいいっ？」

「じゃあ皆、殻から身を取り出して、食べやすい大きさに切ってくれる?」

わあっと幼な子たちが魔物に取りつく。小さいとはいえ獣人の子は力が強いしおじいちゃんの教えも覚えている。指示しなくても蟹の関節部に包丁を突き刺して梃子の要領でへし折り、パーツに分けてから殻を割って中身を掻き出し始める。その間にシシィは装備を外すと、井戸端でざっと身を清めた。清潔な衣服に着替えてから台所で鍋を火に掛ける。湯が沸くのを待つ傍ら、紅苔桃でパイも作った。精霊たちはこのパイが大好きで、他の何を捧げるより張り切って力を貸してくれる。

先に野菜を煮込んでいた鍋に大爪蟹の身を入れて軽く煮込むと、シシィは皆に手を洗って集合するように告げた。まずパイを精霊に捧げ、いただきますをする。大爪蟹の煮込みは幼な子たちにも大好評だ。会話をするのも忘れて夢中になって食べていると、ノックの音がした。

「おきゃくさん……?」

「だれだろー」

幼な子たちが顔を見合わせる。シシィが扉を開けると、老いた獣人が恭《うやうや》しく礼を取った。

「シシィさまですね?」

「……はい」

上品な物腰。老人の背後には立派な馬車が停まっている。

「プラディープと申します。アブーワ公爵の命でお迎えに参りました」

シシィの心臓がどくんと跳ねた。

「迎え?　どうしてですか?」

「アブーワ公爵は昨日王都から戻られてラーヒズヤ卿の訃報《ふほう》を聞き、大変残念がっておられます。つきましてはぜひ一度シシィさまと直接お話をしたい、またラーヒズヤ卿ゆかりの皆さまをこのような鄙《ひな》びた農家ではなくお屋敷に迎え入れたいとおっしゃられまして」

ルドラから話が伝わってしまったのだろうか。誰にも言わないでって言ったのに。

シシィが食卓を振り返ると、食事をしていた幼な子たちのつぶらな瞳が揃ってプラディープ老を映していた。さっきまで浮き立っていた空気が、指で弾けそうなくらい張り詰めている。

「ありがとうございます。でも、僕たちにはこの『豊穣の家』で充分です。どうかお気遣いなく」

「ああ、どうかその言葉は直接アブーワ公爵に」

物腰はやわらかいが、プラディープ老に引く様子はない。ついにこの時が来たかと、シシィは覚悟を決めた。アブーワ公爵を訪ねれば、公子もいるに違いない。婚約について話すことになるだろう。

「わかりました。すぐ支度をしますので、少し待ってもらえますか？」

「かしこまりました。ただ、あまり気を張る必要はありませんよ。公子も迷宮探索を嗜《たしな》んでおられるので屋敷の者は慣れております」

公子も探索者なのだろうか。アブーワに来てから稼ぐことに一生懸命だったシシィは、公爵家について何も知らない。一旦扉を閉め、くたびれた普段履きからブーツへと履き替える。それから、念のために金貨を一袋出して年嵩の子に預けた。

「よあけまでにかえってこなかったら、むかえにいくからなっ」

「大丈夫。心配性だなあ、シュリアは」

彼らもシシィの婚約者のことは知っている。不安そうな顔をしている幼な子たちにあえて朗らかに言うと、シシィは家を出た。馬車の傍らで待っていたプラディープ老が馬車の扉を開けてくれる。

「ありがとう」

乗り込むと、革のシートがやわらかく軀を受け止めた。扉を閉めると、プラディープ老が御者台に座り、馬に軽く鞭をくれる。屋敷まで、そう時間はかからなかった。

都市の外からも見える壮麗な屋敷に近づくと、両開きの門が開いてゆく。馬車を降りると、シシィは老人に案内されるまま、青いモザイクで飾られた廊下を抜けた。招き入れられた一室では背中まで届く黒い髪をうなじで一つにくくった壮年の獣人が待っていた。

「ようこそ。私がアブーワ公爵だ。君に会うのは十四年ぶりだな！」

獣人の笑みは開けっぴろげで好感を抱かずにはいられなかったが、シシィは用心深く頭を下げた。

「こんにちは、シシィです」

「そう硬くならなくていい。どうぞ、掛けて」

「ありがとうございます」

向かいあってソファに座る。プラディープ老は一礼すると、そのまま茶の用意を始めた。

「覚えているかな。かつてこの屋敷を訪れた日のことを。君はお姫さまのように可愛らしかった」

「お姫さま、ですか？」

「ああ、今も癖が強いが、当時の君の髪は鏝でも当てたかのようにくりんくりんに巻いていたんだよ。ラーヒズヤ卿も目の中に入れても痛くないほど君を可愛がっていてね。赤い小花が刺繍された服を着せていた」

シシィは遠い目になった。ラーヒズヤ卿は厳つい外見に似合わず可愛らしいものが好きだったのだ。

「またラーヒズヤ卿から迷宮の冒険話を聞くのを楽しみにしていたんだが、亡くなられたとは残念だ。

お悔やみ申し上げる」

「ありがとう、ございます」

公爵のしんみりとした口調のせいだろうか、急に哀しみが突き上げてくる。

「君も大変だったろう。アブーワに来てからは迷宮探索で稼いでいると聞いた」

「はい」

「うちの息子も探索者をしているのだよ。危険な仕事だから父親としては辞めて欲しいのだが、あれは迷宮の深淵を極めるのに夢中だ。いつか取り返しのつかないことが起こったらと思うと怖くてね」

「お察しいたします」

探索者の死亡率は高い。中層より先に潜る者は死体さえ還ってこないのが普通だ。ある日突然ふっといなくなってしまうような終わり方は、遺族にとってもたまらない。

「多分、あれに未練となるような者がいないせいだと思うのだ。必ず地上に帰りたい、這いつくばってでも生きていたいと執着するものがね。息子をこの世に繋ぎ止める存在に、君にはなって欲しい」

来た。

シシィは膝の上の拳をぎゅっと握りしめた。

「あの、申し訳ありません。婚約については破棄させていただきたいと——」

「それはできない」

諸手を挙げて歓迎されこそすれ、拒否されることなどないと思っていたシシィは息を詰めた。

なぜ、駄目なのだろう。

急に心臓がばくばく言い始める。もし公爵が婚約破棄を受け入れてくれなかったらどうなるのか、初めて思い至ったのだ。公爵はアブーワでは絶大な権力を持つ。公子との結婚を強要されたら、シシィに逆らう術などない。シシィはラージャではない男に嫁ぐことになる。

シシィは無意識に腹を庇うように腕を回した。

「でも、おじいちゃん――ラーヒズヤ卿はもういません。僕と結婚したところで何もいいことなんて」

公爵は面白そうに唇の端を引き上げた。

「婚約した時のことを覚えているかね？」

「いえ」

「ラーヒズヤ卿からなぜ婚約したのか、説明を受けたことは？」

「その時がくればわかるとしか」

会話に夢中になるあまり前のめりになっていた公爵が、ぼすんと背もたれに寄りかかる。

「なるほど。それで君は誤解しているんだな。――君と息子の婚約から得られる利益などない」

シシィは目を瞬かせた。では、どうして公爵はシシィを公子の婚約者にしようと思ったのだろう。

「それなら――」

「だが、婚約破棄はできない」

重ねて拒否され、目が潤む。

ラージャ。

脳裏に散々に求婚を撥ねつけた男の姿がちらついた。

ラージャ。ラージャ。ラージャ！

たまたま発情期が来た時に傍にいたから結ばれたにすぎないのに、ラージャ以外の男に身を任せることを考えただけで怖気が走る。ラージャがいい。ラージャ以外、考えられない。

迷宮にいる間中掻き口説かれて、ほだされたのだろうか？

——ううん、違う。きっと、最初からだ。

テーブルを叩き割った時の死に神のような姿が脳裏に蘇る。あの瞬間から、きっと。

「どうして」

ことりと小さな音を立てて卓上に金で縁取られた小さな茶器が置かれた。

「どうして？　君はオメガなのだろう？」

公爵が獣人らしく大きく厳つい手でカップを摘まみ上げ、唇を湿す。

シシィは必死に考えを巡らせた。アルファの子を孕みやすいからと言いたいのだろうか？　でも、婚約を結んだ時シシィは三歳だった。第二の性がわかるわけがない。

公爵の眉尻が申し訳なさそうに引き下げられる。

「ああ、そんな顔しなくていい。婚約破棄できないのは、ラーヒズヤ卿が君を連れて屋敷を訪れた時、六歳だった息子が君のうなじに齧りついたからなのだ」

「————え？」

シシィは僅かに頭を傾けた。公爵が何を言いだしたのか、呑み込めなかったのだ。

「つまり、君はとっくに息子のつがいなのだ。オメガは一度つがいになってしまったら、相手を違えることはできないのだろう？」

確かにその通りだ。噛まれたらオメガは他のアルファとはつがえない——欲情しなくなると言われている。だが、シシィのにおいはラージャに作用した。公子とつがいになどなっているわけがない。

「息子は初対面の相手に噛みつくような子ではないのに、問い質してもなぜそんなことをしたのかからないと言う。おまけに泣く君から離れようとしないのを見て、ぴんと来たよ。まだ第二の性がわかる年頃ではないが、君はきっとオメガだ。しかも息子の運命のつがいなんだろうって」

「運命の――つがい？」

そんなものが本当に存在するのだろうか。

「そうだとしたら喜ばしいことだ。またもしそうでないとしても、君は将来を息子によって定められてしまった。私たちは君のために婚約を結んだのだ、シシィ。息子に己の行いの責任を取らせるために。まあ、オメガならアルファの子を産める。どんな出自であろうと花嫁に迎えて不足はない。ただし万一のため、君が成人し、お互いの意志を確認するまでは公表しないということにした。面白いので私は息子に婚約を結んだ理由を説明していなかったのだが、ラーヒズヤ卿が言わなかったのは君に先入観を与えないためだろうね。もし君がベータであったら話はまるで変わってくるから」

にわかに信じられる話ではなかった。

「でも、僕のお腹には――」

婚約者以外の子を身籠もっていると知れたら何をされるかわからない。隠しておこうと思っていたのを忘れ口走ったシシィに、公爵は目尻に皺を寄せ、実に愉快そうに笑った。

「ああ、ガルー迷宮で共に潜ったアルファに襲われたのだろう？　ところでそのアルファとはこの男ではなかったかな？」

公爵が指を鳴らすと、プラディープ老が部屋の奥にあった扉を開けた。

現れた人の姿をシシィは信じられない思いで見つめた。

ラージャだった。ラージャが壁に手を当て、もう一方の手で顔を覆っている。

「ラージャさん……？　一体、どうして……」

「父上……」

ラージャが公爵に向ける眼差しは不遜《ふそん》なほど険しい。公爵は声を上げて笑った。

「紹介しよう。彼こそが君の婚約者、私の息子のヴィハーンだ。探索者の間では『迷宮都市の覇王』で通っている。――そのまんまだな」

ラージャに向かって優雅に片手を上げる。ラージャはじろりと公爵を睨みつけると、つかつかとシシィの前まで来て言った。

「シシィ。結婚してくれ」

くはっと公爵が吹き出し、シシィの頭の中は――真っ白になってしまった。

「ヴィハーン、それはない。いくら何でもそれはないぞ。不調法にもほどがある。結婚の申し込みというものはもっとロマンチックに――」

「父上は黙っていてください。シシィ？」

父上？　そんな風に呼ぶということは、本当にラージャは公子なのだろうか。眩しいくらい立派な男であるラージャに父親がいるかどうかなんて考えたこともなかったけれど、怒ったような口調は拗ねた子が親に見せるのと同じだった。

「シシィちゃん？　大丈夫か？　――どうしよう、刺激が強すぎたかな。じい、気つけ薬を」

勿忘草色の瞳を大きく見開いたまま微動だにしないシシィに、公爵が慌て始める。

ラージャが溜め息をついて、シシィの手を取った。

「少し庭で涼ませる」

「それがようございます」

プラディープ老が部屋を横切り、扉を開ける。手を引かれるままシシィは立ち上がり、ふらふらとラージャの後についていった。いくつか扉を潜ると、燦々《さんさん》と陽を浴びる素晴らしい庭が眼前に広がる。ラージャは咲き誇る色鮮やかな花々の間を抜け、四阿《あずまや》の椅子にシシィを座らせた。自分はシシィの前に膝を突いて視線を合わせる。

「ようやくわかった。発情期が来なかったのはシシィがおかしいのではない。つがいである私が傍にいなかったたせいだ。妊娠したのも当然だ。シシィはとっくに私にうなじを噛まれていたのだからな」

街にいる時とは違う丁寧な物言いがシシィに現実を突きつける。でもシシィにはまだ信じられない。

「婚約した時、六歳だったと公爵さまがおっしゃってましたが、本当ですか」

「ああ」

「じゃあ、今、ラージャさんさんは二十歳……？」

「そうだが」

「――もっと年上……少なくとも二十代後半だと思ってました……」

「老けていて悪かったな」

視線を逸らされ、シシィは実感する。これは現実なのだと。

「本当にラージャさんが公子なんですか……？　知っていたんですか？　僕が婚約者だってこと
……」

「シシィの本当の名を聞くまで気がつかなかった。シシィなどという二つ名を使っていなければもっと早くにわかったろう」

「僕だってラージャさんが本名を教えてくれればわかってました！」

「公子がランカーであることはアブーワ中の者が知っている。シシィが知らないとは思わなかった」

「僕たちはアブーワに来るまでイシの山の中で暮らしていたんですよ……っ」

涙ぐむシシィに、苛烈《かれつ》な柘榴色の双眸がやわらぐ。

「そうだな」

『迷宮都市の覇者』はトップランカーであることだけでなく、ラージャがいずれこのアブーワを支配する君主となる男であることを示していたのだ。

父親によく似た、大きく厳つい手がシシィの両手を握る。

「私たちは運命のつがいだと思うのだが、まだ私と結婚するのは厭か？」

シシィはえくっと喉を鳴らした。

「僕のこと、誰彼かまわず誘惑するいやらしいオメガだって思ってるんじゃなかったんですか？　だからあんな風に好き勝手したんでしょう？」

ガルー迷宮で毎夜ほしいままにしたことを揶揄《やゆ》された公子の瞳が揺れる。

「おまえをどうでもいいと思ったことなどない。むしろ私は嫌悪していた。下劣な行いを止めることのできない己を。あの時はどれだけ貪ってもおまえが欲しくて頭がおかしくなりそうだったのだが、ケダモノじみた振る舞いをしたことについては謝罪する。すまなかった」

運命のつがいはどうしようもなく惹かれあい求めあうものだという。では、ラージャの度を超えた欲求はアルファの性《さが》から来ていたのだろうか。目を伏せるラージャは心から悔いているように見えた。

「求婚も、赤ちゃんができたから仕方なく責任を取ろうとしているんだと思って——哀しかった」

ラージャの眉間に皺が刻まれる。傍目《はため》には怒ったようにしか見えないが、シシィにはわかった。ラージャが狼狽えているのが。

「今もそう思っているのか」

シシィは小さく首を振る。

一週間迷宮の中で掻き口説かれてさすがにわかった。この男は本当に自分を欲してくれていると。

「でも、全部ちゃんと言いたいし、聞きたいんです。この子にちゃんと望まれて生まれてきたんだよって言えるようにしておきたい」

ラージャがシシィの手を持ち上げ、甲に唇を押し当てる。キスされた場所に甘い痺れを覚え、シシィは秘かにおののいた。

「俺は他人に興味がない。家族以外は共に迷宮を探索する仲間ですら誰であろうとかまわなかった。だが、最初からおまえのことだけは気になって仕方がなくて、ちょっかいを出す奴がいればそれが好意によるものであれ悪意によるものであれ叩き切ってやりたくてたまらなかった。こんなことは初めてで自分に何が起こっているのかなかなか理解できずにいたのだが、多分私は——恋に落ちたのだと思う」

恋。

甘酸っぱい響きに胸がきゅんとする。

「好きだ、シシィ。婚約した日のことはほとんど覚えてなくて、さっき扉越しにおまえたちの会話を聞いて初めて何があったのか知った。おまえのうなじを噛んだのは私だったのだな。『運命のつがい』

など信じていなかったが、今は己の運命を見定めてのけた幼い日の自分を褒めてやりたい」

一息つくと、ラージャはシシィの手を握った。

「私の子を孕んでくれて、ありがとう」

目の奥が熱い。鼻の奥がつんと痛くなり、シシィはラージャに握られていた手を取り返した。そのまま両手で顔を覆ってしまう。

——僕、この人に愛されている。この子もちゃんとこの人に望まれている。シシィが欲しくて欲しくてたまらなくて、でも得られなかったものに満たされて。

何て幸せなことだろう。

「……ありがと」

声が上擦る。ちゃんと話すことができない。俯いて震えていると、大きくてあたたかな掌に肩を包まれた。額に唇が押し当てられる。

「子どももおまえも大事にすると約束する。結婚してくれ、シシィ」

結婚して欲しいと、一体何回この男に言われただろう。むきになって撥ね除けてきたけれど、こんな風に言われたら断れるわけがない。

シシィは頷いた。

「喜んで……っ」

手首が掴まれ、顔を覆っていた手が剝がされる。すぐ目の前にある柘榴色の双眸を見つめ返すことができなくて反射的に伏せた目蓋《まぶた》の上に、触れるだけのキスをされた。それから、唇にも。

「ん……」

甘い。

奪うように貪るばかりだった男にやわらかく唇を吸われ、シシィはうっとりと酔う。

恐れる必要などなかった。この男はシシィの運命のつがい。

すべてを委ね、愛されていいのだ。

くちづけがほどかれる。でも、こんなんじゃ物足りない。シシィは自分からラージャの頭を抱え込んだ。上からかぶさるようにして唇を奪い、舌を差し入れる。

くくっとラージャが喉で笑ったのがわかった。でも、笑われてもかまわなかった。この男が欲しい。でもラージャはシシィにされるまま、くちづけを返してくれもしないし、軀に触ってくれもしない。本当にシシィがしたいと言わないと抱かないつもりなのだろうか。

――――もう！

シシィは顔を上げると、ラージャを床に押し倒した。

「……っ⁉」

慌てたような表情が小気味よい。四阿の床に伸びた長身に跨がると、もう一度ラージャにくちづける。以前こうした時はすぐさまひっくり返されて逆に貪られたのに、ラージャはやっぱりなされるがままま。シシィを欲しがってはくれない。

「ばか……っ」

「シシィ？」

ついに癇癪を起こすと、ラージャに腰を摑まれた。

「どうして触ってくれないんですか」

「ここは庭だぞ」

腹筋だけで上半身を起こしたラージャの言葉が酷く冷たく感じられ、シシィの目元に涙が浮かぶ。

「どこだって、かまいません……っ。して。ラージャさんのこれ、ください……っ」

ラージャが起き上がったため、シシィの軀は腹の上から腰へとずり落ちた。ちょうど下に来た膨らみへ尻を擦りつけると、ラージャの眉間に皺が寄る。

「よせ。私がこれまでどれだけ我慢してきたと思っているのだ」

「我慢なんてしなくていいって言ってるんです。も、どれだけねだればくれるんですか……？」

逞しい胸元に縋りつくと、ラージャが溜め息をついた。ラージャに比べれば子どものように小柄な軀が片腕で抱き上げられる。

「どこ、へ……」

「私の部屋だ」

ずっと控えていたのかプラディープ老が開けてくれた扉を潜り建物の中に入ると、ラージャは巨大な寝台が鎮座する寝室へとシシィを運び込んだ。寝台に下ろされたシシィはラージャの袖を引っ張る。

「触って……」

「仕方のない奴だ」

ベッドに上がってきたラージャの膝の上に座らされる。片手でひょいと腰を浮かされ、下肢に纏っていた服が太腿まで下ろされた。

「あ……」

足の狭間に触れたラージャの指先がにちゃりと濡れた音を立てる。

「とろとろではないか……そんなに欲しかったのか……？」

「ん……、ん……！」

こくこくと頷くシシィにラージャは苦笑した。

「それなのになぜ私の求婚を受け入れてくれなかった」

「だ、って……っ、ふ、あ……っ」

指先で蕾をなぞられ、シシィはもじもじと腰をよじった。

「ラージャさんがあんまり口説いてくるから……っ、これじゃ冷静に判断できないと思って……っ。ちゃんと考えてから返事、したかった……だけ……」

「……落ち着いたら、受け入れてくれる気だったのか？」

「あれだけ一生懸命掻き口説かれたら、本気だってことくらい、わかります……」

指先をずぷんと埋められ、シシィは目を伏せる。肉のあわいを掻き分け奥へ奥へと入ってくる指の感覚が何とも言えない。

「……は、気持ちい……っ」

ちょうど性器の裏側に当たる部分で止まったラージャの指の腹がシシィの感じてならない凝りを撫でさすり始めた。

「あ……あ……っ、ひぃ……ん……っ」

シシィは力の入らない腕を突っ張り、ラージャの指から逃れようとする。だが、逃げられるどころか、緩急をつけて凝りを突かれ、ぴんと立った屹立の先から蜜が漏れた。

「や……っ、や、や……っ。イく。……そんなこと、されたら……っ、すぐ、イく、からあ……っ」

「いいぞ、存分にイけ。可愛い顔でよがってみせろ」

空いている方の手でズボンと下着が更に引き下ろされる。ブーツに引っ掛かって止まったら、舌打ちしたラージャにブーツを片方だけ引っこ抜かれた。片足だけ衣服が抜かれ、足首を摑まれる。思いきり開脚させられ、シシィは小さくもがいた。

「ひう……っ」

その拍子に凝りを強く押されたシシィの中がきゅうっと収縮する。

「や、あ……恥ずかし……」

臍《へそ》から下、隠さねばならない場所がすべて剝き出しだ。火照った膚を撫でる新鮮な空気は心地いいけれど、充血し先端を淫らに濡らしている屹立も、蕾の周りがべたべたになるほど溢れた愛液も見られているのだと思うと、消え入りたいほど恥ずかしい。

おまけに、今にも食いつきそうなケダモノの顔で唇を舐めたラージャが身を屈めた。長い犬歯の生えた口でいたいけに震える性器に食いつかれ、シシィは声にならない悲鳴を上げる。

——しゃぶられている……ラージャさんに、僕の、べたべたになったモノを……。

感じやすい皮膚の表面で蠢いているのはラージャの熱い舌に違いなかった。それだけで脳が沸騰してしまうほど感じるのに、ラージャは尻に埋めた指先を小刻みに動かすのをやめない。

「あ……っ、あっ、あっ、あっ、駄目……っ、だめえ……っ」

ひとたまりもなかった。

——欲しかったのは、こんなのじゃ、な、のに……。

細い腰を反り返らせ、シシィはラージャの口の中で精を解き放った。それだけでも気が遠くなるほど気持ちよかったのに、最後の一滴まで寄越せとばかりに啜り上げられ、また甘イキしてしまう。

「はあ……っ、はあ……っ、はあ……っ、はあ……っ、……」

指先まで快楽の余韻に痺れているようだった。シーツの上にくったりと軀を伸ばしたシシィはラージャを濡れた目で睨んだ。

力を失ったシシィ自身を口から出したラージャは口元を拳で拭っている。

「少し休んで帰るといい」

ベッドから下りようとする男の袖をシシィはとっさに摑んで引き留める。

「シシィ?」

「こんなんじゃ、足りませんっ」

一回達し、満足するどころかスイッチが入ってしまったようだった。中途半端に可愛がられた軀の芯が熱を持って疼いている。

「だが」

「ラージャさんが悪いんですよ。いつもいっぱいするから、僕、これくらいじゃ……」

満足、できない。

ラージャが溜息をつく。

「私のせいか」

「そうです。責任、とってください!」

ガルー迷宮の中で繰り返し教え込まれた。ラージャの雄で犯される恍惚を。おかげでイかされたのにシシィは煽られただけ。全然シた気がしない。

「しかし、シシィは小さすぎる。俺が突いたら奥まで入りすぎてしまいそうだ。医者はもう、シても差し障りない時期だと言っていたが、何かあったら怖い」

「僕が小さいんじゃなくて、ラージャさんが大きいのが悪いんです。酷いです。僕の軀をこんなにしておいて、これだけしかしてくれないなんて。こんなんじゃ僕、いつまで経っても……」

ラージャを欲し続けてしまう。

「仕方ないな……」

ラージャはシシィを膝の上からシーツの上へと下ろすとベルトを緩め、性器を取り出した。シてくれる気になったのだ。

緩く頭をもたげていた雄がシシィの愛液で濡れる掌で扱《しご》かれ腹につかんばかりに反り返ってゆく。

「シシィ。今日は動くな。じっとしているんだ」

一回りも大きな男によってシシィの軀がシーツの上に押さえつけられる。それから恐ろしいくらい猛々しいソレの切っ先が、シシィの足の間に。

「あ……あ……っ」

久しぶりに受け入れる男は酷く大きく感じられた。熟れた肉壁がみちみちと押し広げられてゆく。最奥まで突き上げられることを期待していたのだけれど、ラージャは半ばで動きを止めてしまった。自分で腰を揺すり上げようとしても、両手でがっちり腰を固定されてしまっていて、動けない。

「や……もっと奥に、欲し……」

「大丈夫だ。たくさんイかせてやる」

「あ……っ⁉」

くん！　と腰を突き入れられ、シシィは喉を反らした。

浅い。

でもそこは、先刻まで散々いじめられていた凝りの上で。

「ひぁ……っ」

ただでさえ敏感なのに、じっくり揉み込まれたそこはすっかり出来上がってしまっていた。ほんの少し動かれただけで嬌声を上げてしまうくらいに。

「や……や……っ」

「……いいぞ……」

ベッドが軋み始める。いつもより抽挿は浅い。だが、ラージャが動くたびに厳つい性器のくびれにこりりとソコを転がされて。

「あ……っあ……っ、ひぃ……ん……っ」

膝を折り爪先までぎゅっと丸め、シシィは頂に達した。先刻放ったばかりの性器の先から漏れた白蜜がとろとろと幹を伝い落ちる。

だがそればかりでなかった。ラージャをくわえ込んだ場所が強く収縮し、凝りを押しつけるような形になってしまい……。

「嘘……っ、止まんな……っ、あ、あ……っ」

肉が、甘く痙攣する。

久しぶりだからか、訪れた絶頂は深く、シシィは蕩けた。勢いはないものの白蜜が止まらない。

きゅうきゅうと締めつけられるのがたまらないのだろう。ラージャの口元に獰猛な笑みが浮かぶ。

突き入れる腰の早さが増す。あくまで奥まで突き上げないよう軽く弾むような動きに、シシィはシーツを掻き毟った。

こんなの、まるで拷問だ。

「らーじゃぁ……っ」

「ヴィハーンだ」

シシィは涙に濡れた瞳をラージャに向ける。ラージャが動きを止めないせいで絶頂が続いている。

でも、奥まで突いてもらえないのが何とも物足りなくもあって……。

思考はピンク色の靄《もや》に沈み、碌にものを考えることすらできない。

「ヴィハーンと呼べ、ヴィヴィアン」

じゅん、と奥から愛液が溢れる感覚があった。

「ゔぃ、はーん……」

ぎこちなく復唱すると、のしかかる大きな男の目元が緩んだ。

「そうだ……いい子だ」

するっとシャツの下に手が入ってきた。探り当てられた乳首が指で強く摘まみ上げられ——。

「————っ！」

唇を薄く開き、シシィは全身をわななかせた。一際大きな喜悦の波に襲われ、気が遠くなる。

「あ……あ……」

中が勝手に収縮すると、ラージャが低く呻《うめ》いた。熱い命の息吹が軀の奥底にぶちまけられる。ラージャも達したのだ。

――僕の軀、気持ちよかったのかな……。

軀の中をみっちりと埋めていたものがゆっくりと後退してゆく。にゅぷ、と抜き出された瞬間、何かが溢れ出して尻を伝った。シーツを汚してしまうと思ったけれど、軀が鉛のように重くて、シシィはそのまま寝入ってしまった。


翌朝、目を覚ましたシシィはしばらくの間、自分がどこにいるのかわからずぼーっとしていた。まだ夢を見ているのだろうか。ベッドはシシィが五人寝てもあまるくらい大きいし、部屋は『豊穣の家』が丸ごと入ってしまうくらい広い。シーツはどれだけ上等なのかとろりとした感触で、ふかふかの枕が四つもある。

「……?」

子どもの叫ぶ声や何かをぶつけたような物音が聞こえたような気がして起き上がると、シシィはきょとりと室内を見渡した。着ていたはずの服がない。とりあえずソファの上に脱ぎ捨てられていた白いシャツに袖を通す。ズボンはないけれど、裾が膝まで届く。これなら廊下を覗いても大丈夫だろう。

――多分これ、ヴィハーンのクルタ《シャツ》だよね……。

裸足で扉に歩み寄り、細く開ける。ちょうど角から使用人らしき男が後ろ向きで出てきた。

――後ろ向き？

何かを捕まえようと勢いよく閉じた腕を小さな影がぱしりと打ち払う。そのままくるんと空中で回転した影が使用人の額を蹴って跳んだ。――シシィの方へと。

「シュリア⁉」

空中で小さな獣人の目がきらんと輝いたのが見えた。

「いたー！　ししー！」

飛びついてきた幼な子をとっさに受け止めたもののシシィは尻餅をついてしまう。

「あいた……」

「ししー！　ししー、だいじょーぶだったか⁉　ごむたいなことされてないかっ⁉」

「大丈夫だけど……どうしてここに」

「よあけまでにかえってこなかったら、むかえにいくってゆった！」

「あ……っ」

シシィは蒼白になった。屋敷に侵入したのはシュリアだけではないらしい。屋敷のあちこちから叫び声が聞こえてくる。

「シュリア、一体何人で乗り込んできたの？」

「みんなにきまってんだろっ」

「みんな？」

少し離れた角を曲がり、今度は長いしっぽをふりふりオムがてってってってこと走ってくる。

「ししー、いたー！」

曲がり角から追っ手らしき大人たちも現れた。二人とも今にも倒れそうなくらい息を切らしている。シシィに気がついたオムの足が速くなる。座り込んだままのシシィに勢いよく抱きつくと、大人たちも足を止めて膝を突き、ぜえはあと喘いだ。息を切らした大人など敵ではないと思っているのだろう。オムはまるで気にせずふんふんとシシィのにおいを確認し始める。

「ししー、らーじゃのにおいする……」

「ししー！」

また別の角から今度はドゥルーブが現れる。どうやらシュリアやオムの勝《か》ち鬨《どき》を聞きつけたらしい。

幼な子たちが次々にたったか現れ、それを追ってきた大人たちも集まってくる。

幼な子たちは大人たちを黙殺していたが、一人に対してだけは別だった。

「シシィ！　何て格好をしている」

ラージャが現れた途端、二十人近い幼な子たちが一斉に振り返る。

「らーじゃだ！　みんな、かかれー！」

シュリアが叫ぶと、シシィにくっついていた幼な子たちは鬨の声を上げラージャへと飛び掛かった。

「ラージャさん！」

いくらトップランカーとはいえ多勢に無勢。ましてや幼な子相手では反撃できない。幼な子の山に埋もれてしまったラージャに、シシィは悲鳴を上げる。

「ドゥルーブ、オム、シュリア、駄目だってば！　こらっ、どきなさい！」

幼な子を腋の下を持ち上げて引っこ抜くが、端からラージャに向かって走っていってしまってきりがない。

「いやはや、アブーワのトップランカーを負かすとは、末恐ろしい子どもたちだな」

最後に現れたのはアブーワ公爵その人だった。後ろで手を組みのんびり歩いてきて、林立するしっぽの合間に見える息子を見下ろす。

「……父上」

「公爵、申し訳ありません。すぐ退かせますから！　ほらみんな！　ラージャさんから離れて！」

「や！」

利かん気の強い顔を眺め、公爵は楽しげに笑った。

「威勢がいいな。だが、そろそろパンケーキが焼き上がる。アブーワ一の朝食をご馳走するから、それで勘弁してはくれないかね？」

「あさごはん？」

幼な子たちの鼻がふんふんと鳴り始める。言われてみればパンケーキが焼ける香ばしいにおいがする。しかし、幼な子たちはすぐにはラージャの上から退かず、シシィの顔を見上げた。

シシィは肩を竦めた。

「心配してくれて嬉しいけれど、僕は大丈夫だから、どいてあげて。ご馳走になろう？」

むう、とシュリアが唇を尖らせたものの、使用人に交じって見学していたルドラの先導で、幼な子たちは食堂へと移動を始めた。後には廊下に大の字に転がされたラージャが残る。

シシィはラージャの傍らに膝を突いた。

「大丈夫ですか？」

「大丈夫ではないな」

寝転がったままシシィを引き寄せ、ラージャが白いクルタに包まれた腰に両腕を回す。

「そんな格好をして誘惑するな。ベッドに逆戻りしたくなる」

しゃがんだせいで上がってしまった裾を引っ張り、シシィは言い訳した。

「だって、服がなかったんです」

「……汚してしまったので洗わせている。すぐ代わりになるものを用意させよう」

ようやくのっそりと巨体を起こすと、唇が重なった。

触れるだけのキスだ。目が合うと、ふふっと笑みが零れる。

立ち上がって一旦ラージャの寝室に戻り、使用人に服を持ってこさせ着替えると、シシィとラージャも朝食をとりに食堂に行った。公爵が豪語した通り、朝食は美味だった。長いテーブルの両脇に並んだ椅子にちょこんと座った幼な子たちはお腹がぽんぽんになるまで食べ、上機嫌だ。

食事を終えるとそのまま家族会議に移行、その場でシシィとラージャが正式につがいになることと、幼な子たちも含め全員で屋敷に移り住むことが決まった。ラージャのことを怒っているようだったから反対するかと思っていたのだけれど、幼な子たちは一度部屋の隅に集まってごしょごしょ相談した後、あっさりと了承した。仲良くなったチャリタもいるからかと思っていたのだけれど、皆でここに移住すればシシィの家事の負担が減ると思ったからだと後で聞いてシシィはちょっと泣いてしまった。

引っ越しが終わってからはそれまでが嘘のように、のんびりと過ごした。

顎のラインまでしかなかった卵色の髪がうなじを覆い背中に届くほど伸びた頃、産み月を迎えたシシィは無事獣耳としっぽのついた男の子を出産した。


「シシィという二つ名は誰が決めたんだ？」

「弱虫《ぼくたち》」

「だって、ししーってば、すっごくなきむしのよわむしだったんだよー？」

「おっきいのにないふ、へたくそなの。しゅりあにもどぅるーぶにもかてなくて、ないてばっかし」

「そうなのか？　シシィの泣く姿など見たことがないが」

「んとね。おじいちゃんがしんじゃってからししー、なかなくなったの」

「ふたつな、かえたほうがいいかなあ……あ！」

夢とうつつの狭間をふわふわ彷徨いながらラージャと幼な子たちの会話を聞いていたシシィは、始まったふえええという弱々しい泣き声に重い目蓋をこじ開けた。

どうやら赤子を寝かしつけるうちに眠ってしまったらしい。獣耳をぴんと立て、興奮にしっぽをゆらゆら揺らす幼な子たちと強面のトップランカー、そしてアブーワを統治する公爵が、息を詰めて赤子——アニクと名づけた——の顔を覗き込むという、実に微笑ましい光景がソファで繰り広げられている。赤子を抱くラージャの手つきはどうにも危なっかしい。幼な子たちがやれ頭に手を添えろだの肘の位置がどうだのと教えているが、ラージャの手つきはどうにも危なっかしい。

「あかちゃんはねー、こーやってだっこするの」

とうとうドゥルーブがラージャの手から赤子を奪い取り、見本を示した。得意げに耳をぴくぴくさせるドゥルーブのだっこは、なるほど堂に入っている。

「うまいものだな」

ラージャは気を悪くすることもなく、生真面目に眺めた。

「ちっちゃなこのめんどーみるの、おっきなこのやくめだもん」

「どぅるーぶ、ぼくも！　ぼくもあにく、だっこしたい」

「おむも」

「ちゃりたも、だっこして、い？」

「じいじも順番に入れてくれ」

まだ怖くなるほど小さくて頼りない赤子はオムの指先をきゅっと握っている。

シシィがもそりとベッドの上で起き上がると、ラージャが気づいた。

「すまない。起こしたか」

「ねてていーよ。あにくのこと、ぼくたちがちゃあんとみてる」

同意するかのように赤子が足で空を蹴った。

「ふふ。ありがと」

シシィはぽすんとシーツに頭を落とす。多分もう眠れないだろうけれど、軀が重かった。もう少しごろごろしていたい。

気配を感じて目を上げると、ラージャがベッドに手を突き顔を覗き込んでいた。

「なあに？」

「出掛けないか？」

「……え？」

「アニクが生まれてから一歩も屋敷を出ていないだろう。幸い、屋敷には手慣れた子守りが大勢いる。

――子守り志願者もな」

公爵も幼な子たちもにこにことシシィを見ている。

「でも……」

「ししーばっかりずるい。しゅりあもあにくのおせわしたい！」

口を尖らせたシュリアの顔を見たら、ふっと肩の力が抜けた。

「たまには役目を譲ってやれ」

寝ていたせいで乱れた髪をラージャが厳つい手で撫でつけてくれる。そうしたら何かがぞわっと膚の下を駆け抜けた。

――――？

「じゃあ、ちょっとだけお言葉に甘えさせてもらおうかな」

「ちょっとじゃなくていいよ。いちんちでもふつかでも、いっしゅかんでもいーー！」

さすがにそこまで任せる気はないけれど、シシィは微笑んでベッドを下りた。確かに赤子が生まれてからシシィは赤子に掛かりきりだった。あんまり小さくて、ふにゃふにゃと小さくて、目を離すのが怖かったのだ。さすがに一ヶ月が過ぎて、少しだけ落ち着いたけれど。

「どこに行くんですか？」

楽な部屋着から、探索者をしていた頃に着ていた服――屋敷に移住してから買い与えられた服は上等すぎる――に着替えながら聞くと、ラージャも探索者の外套を羽織りながら答えた。

「探索者として活動する時に使っている私の部屋だ。まだ見せたことがなかったからな」

ラージャがアブーワ一の高級宿に部屋を確保しているという話は聞いたことがあった。宿泊者はランカーばかりだという宿の部屋がどんなものなのか、興味をそそられたシシィの顔から、寝足りないような表情が消える。

「楽しみ！」

宿へは、馬車で移動した。馬車の窓からかつて幼な子たちのおやつを買うため覗いた菓子屋や、大爪蟹を持ち込んだ高級料理店を眺める。

宿の前で馬車が停まると、小綺麗な制服に身を包んだ係の者が飛んできて、扉を開けてくれた。

「行くぞ」

馬車を回り込んできたラージャに手を取られると、何だかドキドキした。

係の者が開けてくれた背の高い扉を潜り、迷宮産の装備で身を固めた探索者がたむろする広々としたロビーを通り抜ける。壁についたボタンを押すと、飾り格子の向こうに籠が降りてきた。

「昇降機だ……！」

迷宮のとは違う華美な装置や魔法陣を用いた鍵つきの扉にシシィの興奮が高まる。ラージャによって招き入れられた部屋も、屋敷の部屋に比べれば手狭だが充分贅沢だ。

「うわあ」

シシィは扉を一つ一つ開けて覗いて回った。大きなベッドがある寝室に様々な装備や着替えがぎっしり並んだ衣装部屋。西方風のバスタブが据えられたバスルームに、椅子とテーブルが置かれたバルコニー。

窓を大きく押し開いたシシィははっとした。巨大な魔の月が今まさに昇ろうとしていたからだ。

「満月……⁉」

ざわりと膚の下が騒ぐ。まるでこの時を待っていたかのように、甘い香りが放たれたのが自分でもわかった。久しぶりの外出のせいだと思っていた高揚は、発情期の前兆でもあったのだ。

外套を脱いだラージャがシシィの後ろに立つ。

「昨日からかすかにではあるが、甘いにおいがしていた」

腹に手を回され、胸がとくりと甘やかな鼓動を刻んだ。

「だから、ここに……？」

「屋敷にとどまった方がよかったか？」

「いえ……」

シシィは首を振った。あそこには幼な子たちやラージャの家族がいる。

「アニクには悪いが、久しぶりだ。心ゆくまでおまえを堪能したい……」

きゅうんと中が疼く。長い腕の囲いの中、向きを変えると、柘榴色の双眸が飢えた獣のような光を放っていた。

「ヴィハーン……」

「このにおい……もう我慢できん……」

シシィよりずっと長く逞しい腕がシシィを子どものように抱き上げる。宝物を扱うかのようにシーツの上に下ろされたものの、シシィはすぐ下りようとした。

「ええっとあの、それなら先に、湯浴みをさせてください」

これまではそんなことをしている余裕などなかったが、すぐ隣にバスルームがある。ちゃんと軀を清めてから愛されたいと思ったのだが、ラージャは放してくれない。

「焦らす気か？」

「そうじゃなくて。ちょっと汗を流したいんです」

「どうせまたすぐ汗を掻く。このままでいい」

「ええー……」

シャツのボタンを外される。ぷつりと尖った胸が晒《さら》されると、シシィは羞恥を覚えた。これまでは下肢だけ剝かれて突っ込まれることが多く、ここまで膚を晒したことなどない。その上、子を産んだシシィの胸は仄《ほの》かに膨らんでいた。女性とは比べものにならないほどささやかな隆起であるがちゃんと乳が出るし、吸われるせいで乳首も少し大きくなっている。

経産夫とは思えない清楚な薄桃色の胸元を目にすると、ラージャは手を止め、凝視した。

「ヴィハーン……？」

あんまり強い視線に落ち着かない気分になったシシィがシャツの前を掻き合わせようとすると、手首が摑まれシーツの上に縫い止められる。

「あの……そんなに見ないで欲しいんですけど」

んーっと頑張って手首を動かそうとするが、この大きな男には通用しない。

「ここだけ違うにおいがする……ミルクのにおいか……？」

形のいい鼻が近づけられ、ふんふんと嗅がれる。それから乳首が舐められた。

「ひゃん……っ」

「よくわからんな。……吸っていいか？」

「え……え……っ」

顎を引いて己の胸元を見下ろし、シシィは息を呑んだ。ラージャが赤子のように自分のちっぽけな乳首に吸いついている。

「ん……っ。何も出てこないな。アニクはもっと強く吸うのか？」

赤子のように強く胸を吸われ、シシィはびくんと軀を痙攣させた。

――何、これ……！

アニクに吸われても何も感じないのに、甘い刺激がじいんと軀の芯まで走る。

「なるほど、わかったぞ」

ちろりと唇を舐めたラージャがもう一方の胸に顔を伏せる。それから先を強く吸引され、シシィは奥歯を噛みしめ堪えた。

――していることは、アニクと同じなのに……っ。

全然違う。ちょっと吸われただけで胸の先はこれまでとは別のものになってしまったかのようにじんじん疼いた。甘いにおいが強くなったのが自分でもわかる。ラージャが口の中のミルクを舌で転がしつつ、愛撫されたわけでもないのに小さく喘いでいるシシィを見下ろした。

「何だ、感じたのか？　……まさかアニクに乳をやるたび、欲情しているわけではないだろうな」

「……っ、そんなこと、あるわけないでしょうっ」

「本当か？」

「本当ですっ。これは、ヴィハーンが舐めたから……っ」

「私が舐めたから感じたのか」

押さえつけられていた手が放される。代わりに両の果実を摘ままれ、シシィは腰を浮かせた。

「ん……っ」

睫毛《まつげ》が震える。ズボンがきつい。

ラージャの口元に残忍な笑みが浮かぶ。

「どうやら私はおまえのことをまるでわかっていなかったようだ。今宵はじっくり時間を掛けおまえの理解に努めることにしよう」

獲物を狩る獣のような眼差しが怖い。でも、軀の芯がじゅんっと潤むのを感じた。シシィの軀はラージャの陵辱を待っている。これがオメガの性なのだろうか。

乳を吸うためではなく乳首を舐め回され、シシィは自分でズボンの前をくつろげた。ぴょこんと頭をもたげたシシィのモノに気がつくと、ラージャは愛撫するのをやめ、砂漠桃の皮を剝くようにシシィを剝く。それから自分の服にも手を掛けた。

「あ……」

シシィに比べれば浅黒い膚には、いくつも古い傷痕が残っていた。トップランカーとはいえラージャも大怪我をしたことがあったのだ。

——そして運が悪ければ死ぬことだってありうる。

公爵の言っていたことを思い出し、シシィは小さく身震いした。

——でも、きっとラージャは死なない。

シシィが屋敷に引っ越してから、ラージャは迷宮に潜っていない。公爵はシシィのおかげでようやく息子が落ち着いてくれたと喜んだが、ラージャは別にアブーワ迷宮攻略を諦めたわけではなかった。闇雲に突き進むのをやめただけだ。むしろより攻略成功を実現に近づけるため、『月夜の道化師』——シシィが共に迷宮探索した獣人たちのパーティー——や『金の矢』といった友好的なパーティーと組んで探索を行う大規模な計画を推し進めている。

柘榴色の双眸に獰猛な光を湛えたラージャは言った。

『一度最深部へ到達したことがあるからわかるだろう？　迷宮は生きている。時を経れば成長し、脅威度を増す。このままだといつか何かが起こるかもしれない。そんな不安要素を大事な者たちの傍に放置しておくつもりはない。私に得難い愉しみをくれた場所だがアブーワ迷宮は必ず攻略するつもりだ』

立場をわきまえない道楽息子だと思われていたラージャの次期公爵らしい姿を、シシィはぞくぞくするほどかっこいいと思った。

——この人は強い。

シシィから見れば見上げるほどの長身は野生の獣のように美しく引き締まっている。腰が細く見えるのは、胸と肩が逞しく発達しているせいだ。

ラージャが下肢に纏っていたものを引き下ろすと、シシィは反射的に目を背けた。

——う、わ……。

これまで何度も見たことがあるのに、正視できない。シシィとは比べものにならないほど立派な屹立は、既に恐ろしいほどに猛っている。

「どうした。顔が赤い」

脱いだものを床に落としベッドに乗り上げてきたラージャに引き寄せられ、シシィは震える。

触れられた場所が熱かった。とめどなく愛液が分泌されつつある軀の奥もだ。

しなやかなしっぽを打ち振るい、ラージャはシシィのうなじに軽く歯を立てる。

「前回は半分しか挿れられなかったからな。今日はこれをおまえの中に根元まで埋める。奥までじっくり可愛がってやる」

ラージャの吐息が膚を撫でるたび、全身がそそけ立つ。

片方の掌で腹を撫でられ、シシィはラージャのモノをめいっぱいくわえ込まされた時の充足感を思い出した。奥を掻き回された時のたまらない快感も。

「あ……」

既に涙が零れそうなくらい潤んだ瞳で背後を振り返ると、顎を摑まれくちづけられる。ゆっくりと体勢が崩され、大きな軀が覆い被さってきた。

発情期に交わるのは初めての時以来だ。時期を外れていてもあれだけ我を忘れて求めあったのだ。一体どれだけ愛されることになるのか、考えると怖くなる。でも同時に、凄く嬉しくもあって。

――この人が好きだ……。

孤児でどうでもいい存在だった自分を、この人は初めて特別な存在にしてくれた。アニクも与えてくれたし、シシィが欲しくて欲しくてたまらなかったけれど得られなかった輪に加えてくれた。今では公爵さまもルドラも、チャリタもシシィの家族だ。

重荷だなんて思ったことはなかったけれど、幼な子たち全員を屋敷に引き取ってもらえた時、おじいちゃんが亡くなってからずっと背中にのしかかっていた重石が消えたような気がした。

こんなに軽やかな心持ちになるのは初めてだ。

不安はない。淋しさもない。何があってもラージャがきっと支えてくれる。

――ちゃんと親がいたならば――シシィが普通の子なら。常にこんな気持ちでいられたのだろうか。

わからない。

ただ一つ明白なのは、自分のすべてがこの人によって変わったということ。そして恐らくは、この人も――。
シシィは両手を伸べ、ラージャの首を掻き抱いた。

こんにちは、成瀬《なるせ》かのです。この本をお手に取ってくださってありがとうございます。

今回はダンジョンです！　異世界ものの中でも大好きなジャンルなのですが、今回初めて読む側でなく書く側で楽しめました。好きなジャンルのせいか筆が進んで、書いても書いても終わらないと思ったら大分ページオーバー。皆さまにも楽しんでいただけると嬉しいです。ついでにダンジョンもののお仕事もりもりいただけるくらいダンジョン気運が高まってくれるといいなあ！　この題材で書かせてくださった編集さまに感謝です。

それから素晴らしい挿絵をくださった央川《おうかわ》みはら先生、ありがとうございます。シシィはイメージ通りだし、ちびーずは可愛いし、ヴィハーンはかっこいいし。特に表紙は素敵なラフをたくさんくださって、全部採用したかったです。

ではではまた次のお話でお会いできることを祈りつつ。

成瀬かの

CROSS NOVELS をお買い上げいただき
ありがとうございます。
この本を読んだご意見・ご感想をお寄せください。
〒110-8625
東京都台東区東上野 2-8-7　笠倉出版社
CROSS NOVELS 編集部
「成瀬かの先生」係／「央川みはら先生」係

CROSS NOVELS

獣人アルファと恋の迷宮

著者
成瀬かの

2020 年 1 月 23 日　初版発行　検印廃止

発行者　笠倉伸夫
発行所　株式会社　笠倉出版社
〒110-8625　東京都台東区東上野 2-8-7　笠倉ビル
［営業］TEL　0120-984-164
FAX　03-4355-1109
［編集］TEL　03-4355-1103
FAX　03-5846-3493
http://www.kasakura.co.jp/
振替口座　00130-9-75686
印刷　株式会社　光邦
装丁　河野直子（kawanote）
ISBN 978-4-7730-6018-8
Printed in Japan